日本怪談文學
小泉八雲/田中貢太郎
名作選
中•日•對•照

推薦序――日本《にほん》の怪奇《かいき》へのまなざし

國學院大學准教授・飯倉義之

怪《あや》しき〈もの〉の息《いき》づかいがそこここに満《み》ち満《み》ちた島《しま》――それが日本《にほん》という島国《しまぐに》です。台湾《たいわん》の皆《みな》さまに、怪奇《かいき》の国《くに》・日本《にほん》の怪談文芸《かいだんぶんげい》を堪能《たんのう》していただける本書《ほんしょ》の刊行《かんこう》を、日本《にほん》の怪《かい》や奇《き》の文化《ぶんか》・文芸《ぶんげい》を研究《けんきゅう》する者《もの》の一人《ひとり》として、とてもうれしく思《おも》います。そうして、本書《ほんしょ》で取《と》り上《あ》げる二人《ふたり》の怪談文芸《かいだんぶんげい》の書《か》き手《て》――小泉八雲《こいずみやくも》と田中貢太郎《たなかこうたろう》――は、日本《にほん》の怪談文化《かいだんぶんか》を深《ふか》く理解《りかい》し、再話文芸《さいわぶんげい》として多《おお》くの人《ひと》にわかりやすく紹介《しょうかい》した作家《さっか》たちで、日本《にほん》の怪談文芸《かいだんぶんげい》の入門《にゅうもん》には、まさに最適《さいてき》の選択《せんたく》といえます。

小泉八雲《こいずみやくも》（出生名《しゅっしょうめい》パトリック・ラフカディオ・ハーン）は、ギリシアにルーツを持《も》つアイルランド人《じん》で、アメリカでジャーナリストとして活躍《かつやく》したのち、出版社《しゅっぱんしゃ》の通信員《つうしんいん》として来日《らいにち》、日本《にほん》では高等学校《こうとうがっこう》・帝国大《ていこくだい》学《がく》の英語教師《えいごきょうし》として教鞭《きょうべん》を執《と》りました。日本《にほん》の風土《ふうど》と文化《ぶんか》を深《ふか》く愛《あい》し、日本人《にほんじん》・小泉《こいずみ》セツと結婚《けっこん》して小泉八雲《こいずみやくも》を名乗《なの》り、日本《にほん》に帰化《きか》して生涯《しょうがい》を終《お》えました。

八雲《やくも》は日本《にほん》の英語教育《えいごきょういく》の発展《はってん》に尽力《じんりょく》する傍《かたわ》ら、日本文化《にほんぶんか》の研究《けんきゅう》と海外《かいがい》への発信《はっしん》も精《せい》力的《りょくてき》に行《おこな》いました。八雲《やくも》は幼少時《ようしょうじ》から精《せい》霊《れい》や妖精《ようせい》の物語《ものがたり》に心《こころ》惹《ひ》かれていたこともあり、日本《にほん》の怪談《かいだん》にも強《つよ》く惹《ひ》きつけられ、名著《めいちょ》『怪談（kwaidan）』では日本《にほん》の怪談《かいだん》を英語《えいご》に翻訳《ほんやく》して刊行《かんこう》し、外国《がいこく》の人《ひと》に日本《にほん》の怪談文化《かいだんぶんか》をわかりやすく紹介《しょうかい》した、最初《さいしょ》の発信者《はっしんしゃ》となりました。八雲《やくも》は、日本海《にほんかい》に面《めん》した山陰地方《さんいんちほう》の都市《とし》・松江《まつえ》の静《しず》かなたたずまいを愛《あい》した人《ひと》でした。

田中貢太郎《たなかこうたろう》は日本《にほん》の作家《さっか》で歴史《れきし》に造詣《ぞうけい》が深《ふか》く、近《きん》

代化《だいか》の中《なか》で古臭《ふるくさ》い迷信《めいしん》として打《う》ち捨《す》てられていた古典怪談《こてんかいだん》を見《み》つめ直《なお》し、現代語《げんだいご》に書《か》き直《なお》して、多《おお》くの人《ひと》にその真価《しんか》をわかりやすく、面白《おもしろ》く伝《つた》える作品《さくひん》を何百篇《なんびゃくぺん》も著《あらわ》し、流行作家《りゅうこうさっか》となりました。

田中《たなか》は太平洋《たいへいよう》に面《めん》した四国地方《しこくちほう》の高知県《こうちけん》に生《う》まれ、教員《きょういん》や新聞記者《しんぶんきしゃ》を務《つと》めたのち東京《とうきょう》に出《で》て、当時《とうじ》の文豪《ぶんごう》たちに師事《しじ》し、文章《ぶんしょう》を学《まな》んで作家《さっか》になりました。その著作《ちょさく》は歴史上《れきしじょう》の人物《じんぶつ》の伝記《でんき》、紀行文《きこうぶん》、エッセイ、恋愛《れんあい》の悲劇《ひげき》を中心《ちゅうしん》とする情話物《じょうわもの》、そして怪談文芸《かいだんぶんげい》と多岐《たき》に渡《わた》ります。

田中《たなか》は怪談《かいだん》を深《ふか》く愛《あい》し、中国《ちゅうごく》と日本《にほん》の古典怪談《こてんかいだん》の資料《しりょう》を収集《しゅうしゅう》して、難《むずか》しい古典《こてん》の言葉《ことば》から現代《げんだい》の日本語《にほんご》に翻訳《ほんやく》して刊行《かんこう》し、世間一般《せけんいっぱん》の人々《ひとびと》に中国《ちゅうごく》と日本《にほん》の怪談文化《かいだんぶんか》を広《ひろ》めるのに尽力《じんりょく》した紹介者《しょうかいしゃ》となりました。田中《たなか》は高知《こうち》の「いごっそう気質《きしつ》」――頑固《がんこ》で、決《き》めたら決《けっ》して譲《ゆず》らない一途《いちず》な性格《せいかく》――の体現者《たいげんしゃ》でした。怪談《かいだん》へのこだわりも、霊魂《れいこん》や妖怪《ようかい》に対《たい》する日本人《にほんじん》の心《こころ》の淡《あわ》い働《はたら》きを、迷信《めいしん》として切《き》り捨《す》てつつあった近《きん》代《だい》の動《うご》きに対《たい》するアンチテーゼだったのではないかと思《おも》います。

こうした怪《かい》なるもの、奇《き》なるものへの眼差《まなざ》しは、そのときどきの文化《ぶんか》の中心《ちゅうしん》となる場所《ばしょ》や、中心《ちゅうしん》を担《にな》う人《ひと》びとからは生《う》まれないものです。文化《ぶんか》の中心《ちゅうしん》からは距離《きょり》を隔《へだ》てた土地《とち》——独自《どくじ》の文化《ぶんか》を伝《つた》える山陰《さんいん》の松江《まつえ》や、太平洋《たいへいよう》に開《ひら》かれた四国《しこく》の高知《こうち》など——からの眼差《まなざ》し、外国《がいこく》よりもたらされた眼差《まなざ》し、それだけが怪《かい》なるもの、奇《き》なるものの新《あら》たな価値《かち》を見《み》つけだすことができるのです。台湾《たいわん》の皆《みな》さまの眼差《まなざ》しで、日本人《にほんじん》が気《き》付《づ》けていない怪《かい》や奇《き》の真価《しんか》を見《み》つけだしていただけたら嬉《うれ》しいです。

怪談《かいだん》は、恐《おそ》れや悲《かな》しみといった、心《こころ》の奥底《おくそこ》の感情《かんじょう》を映《うつ》す文芸《ぶんげい》です。心《こころ》の奥底《おくそこ》を理解《りかい》しあうことで、二《ふた》つの土地《とち》の文化《ぶんか》は響《ひび》き合《あ》い、更《さら》なる親密《しんみつ》を増《ま》すことになるだろうと期待《きたい》しています。

中文翻譯

對日本怪奇的關注視線

詭譎怪誕的氣息處處充斥之島——那就是日本這個島國。本著作的刊行，能夠讓台灣的讀者欣賞靈異之國——日本——的怪談文學，讓長期研究日本怪誕、奇異之文化與文學的筆者感到無比的欣悅。而本書所推薦的兩位怪談文學作者——小泉八雲與田中貢太郎，皆是深入理解日本怪談文化的專家，也是將其以平易的重述文學形式介紹給廣大讀者的作家。作為日本怪談文學的入門書，本著作可謂最適當的選擇。

小泉八雲（出生名 Lafcadio Hearn，一八五〇～一九〇四）乃出生於希臘的愛爾蘭人。最初以記者身分活躍於美國，之後成為出版社的特派員來到日本。在日本則是英語教師，任教於高中及東京帝國大學等。他深愛日本的風土、文化，與小泉節子女士相識、結婚，歸化日本，改名為小泉八雲，在日本終其一身。

小泉八雲致力於日本英語教育發展之餘，對於日本文化的研究與向國外發稿亦不遺餘力。八雲在年幼時即相當著迷於精靈、妖精之類的故事，因而亦被日本的怪談所深深地吸引。他是第一位將日本的怪談文化以淺顯易懂的方式介紹予國外讀者的作家，其名著《怪談（kwaidan）》即是將日本的怪談翻譯成英語刊行的書籍。面向日本海的山陰地方都市——松江，靜謐恬適的生活環境，八雲就是喜愛這種地方氛圍的文人。

田中貢太郎（一八八〇～一九四一）是日本作家，歷史造詣深厚。他重新諦視日本近代化中被視為陳腐迷信而鄙棄的古典怪談，將之再行寫作成現代日文，並將其真義深入淺出、生動有趣地傳達予眾多讀者。此類作品達數百篇之多，晉身流行作家之列。

田中出生於面太平洋的四國地方高知縣，擔任過教員、新聞記者，之後移居東京拜當時的文豪們為師，學習寫作文章，爾後成為專職作家。其著作所涵蓋的層面很廣，如歷史人物傳記、紀行文學、隨筆、以戀愛悲劇為主的愛情小說，以及怪談文學等。

田中貢太郎熱愛怪談，蒐集中國與日本的古典怪談資料，將艱澀的古典文學翻譯後，以現代日文文體刊載發表，盡心盡力向社會大眾推廣中國與日本的怪談文化。他本著高知人與生俱來的性格特質——頑固，發揮一旦決定的事，絕不妥協的個性，成為事事貫徹到底的行動派。我想他之所以開始執著於怪談，或許是因為觀察到近代日本人內心對於靈魂、妖怪反應過於淡然，甚至將之視為迷信而逐漸鄙棄之時代風潮，讓他感到憂心，而自內心生出一股反動的激情吧！

小泉八雲與田中貢太郎所擁有的這種對於怪誕現象、奇異事物的獨特眼光，反倒是主流文化盛行的核心區域或肩負傳承文化主軸重任者難以具備的。唯有在遠離主流文化的土地——比如傳承獨特文化風土的山陰松江或懷抱太平洋的四國高知等偏鄉，從這些鄉野地方所投射出的關注視線，以及透過外國人的特殊觀點映照下，才能夠發掘這些怪誕現象、奇異事物的新價值。若諸位讀者能以台灣人的視角諦觀明察，發現日本人未曾留意的怪誕、奇異事物之真正價值，該有多令人欣喜！

怪談是映照盤據庶民內心深處的恐懼、悲傷等情感的民間文學。我期待能藉由理解彼此的內心深處，讓日本與台灣的文化相互激盪迴響，讓彼此的交流更加親密！

目錄

日文鑑賞

小屋の戸は無理押しに開かれていた。そして雪明かりで、部屋のうちに女、——全く白装束の女、——を見た。その女は茂作の上に屈んで、彼に彼女の息をふきかけていた、——そして彼女の息はあかるい白い煙のようであった。。 063

轆轤首

名師導讀

小泉八雲偏愛轆轤首，畫過三張拉著長長頸子的飛天頭顱，……其中一張畫的是梳著很漂亮的日本圓髻髮型的女性頭顱、插著髮釵、睜大雙眼、噘起嘴唇，口中拉出漫畫式對話框寫著「ケタケタ」—是小泉八雲夫人的肖像。 080

日文鑑賞

森の中で話し声が聞えた、それでよい隠れ場所を見つけるまで影から影へと忍びながら——声の方向へ行った。そこで、一本の樹の幹のうしろから首が——五つとも——飛びって、そして飛び廻りながら談笑しているのを見た。 083

被埋葬的秘密

名師導讀

綜觀小泉八雲對女性的描寫，不難發現他對日本女性所懷抱的特殊情感，那是一種極為溫柔的表現，……可以感受到他極為重視家庭溫暖；而僅只一封的情書表達的是一種少女純真無邪初懷愛戀的心情。 114

日文鑑賞

しかるに一番下の抽斗の貼り紙の下に何か見つかった——一通の手紙である。……『拙僧がそれを焼き棄てて進ぜようか？』と和尚は訊ねた。お園の姿は和尚の前に頭を下げた。『今朝すぐに寺で焼き棄て、私の外、誰れにもそれを読ませまい』と和尚は約束した。姿は微笑して消えてしまった。 117

貉

名師導讀

他捨棄結尾的語言遊戲，拿同樣在臉部做文章的無臉怪，巧妙地移花接木套入這則故事中，並加上一個適合和服長長袖子的嫵媚動作——「和服袖子緩緩落下，女子的手滑過自己的臉……」，像是加諸了一種咒，讓無臉怪的現身時刻更叫人不寒而慄。 128

日文鑑賞

商人はその手を　く女の肩の上に置いて　き立てた……するとそのお女中なるものは向きかえった。そしてその袖を下に落し、手で自分の　を撫でた——見ると目も鼻も口もない——きゃッと　をあげて商人は逃げ出した。 131

田中貢太郎——文風帶有一種當代摩登的味道，沒有刻意過多修飾的誇張文辭，卻在簡單明白的文章中，淡淡地發散出一種夢幻似的妖氣。 142

圓朝牡丹燈籠

名師導讀

沒有雙腳的幽靈和乾枯蒼白的骷髏，哪一種鬼比較可怕？一縷冷風輕吹，無聲無息地輕飄蕩過來的幽靈，是一種教人背脊發涼，全身冷顫不停無法動彈的感覺……。 147

日文鑑賞

新三郎は蒲団の中で死んでいたが、よほど苦しんだとみえて、虚空を掴み歯をくいしばっていたが、その傍に髑髏があり、手の骨らしいものもあって、それが新三郎の首にからみついていた。 150

古盤宅院

名師導讀

真正教人發毛的是，田中貢太郎不刻意描述阿菊對青山一家下詛咒，甚至不言明阿菊是否真正投井身亡；在阿菊從這個世界消失，直到青山一家遭遇種種靈異事故之間，是這則故事最輕描淡寫的部分，誰也沒料到冤死的阿菊在聽眾稍稍喘息之際，已飄盪在異界做好復仇的準備。　192

日文鑑賞

古井戸の辺では、「一つ、二つ、三つ」と物を数える声がして、それが四つ、五つ、六つ、七つ、八つ、九つまで往くと泣き声になった。その古井戸からは青い鬼火も出た。黒い長い髪をふり乱した痩せた女の姿がその古井戸の上に浮いていたと云う者があった。　195

蛇怨

名師導讀

「蛇怨」是流傳在田中貢太郎的故鄉高知縣的古老傳說。水量豐沛的大樽瀑布就像拿巨大水桶往下倒，白茫茫的飛濺霧水讓原本就深不見底的瀑布湖顯得更神秘深邃，成為巨蛇蟠踞的好地方。　205

日文鑑賞

この時蛇の皮をかけてある処が急にうっすらと明るくなって、……その光がめらめらと燃え拡がって、蛇の皮がはっきりと見える間もなく、それが全身火になってふうわりと空に浮び、雲のように飛んで篠原家の屋根に往った。　208

小泉八雲
こいずみやくも

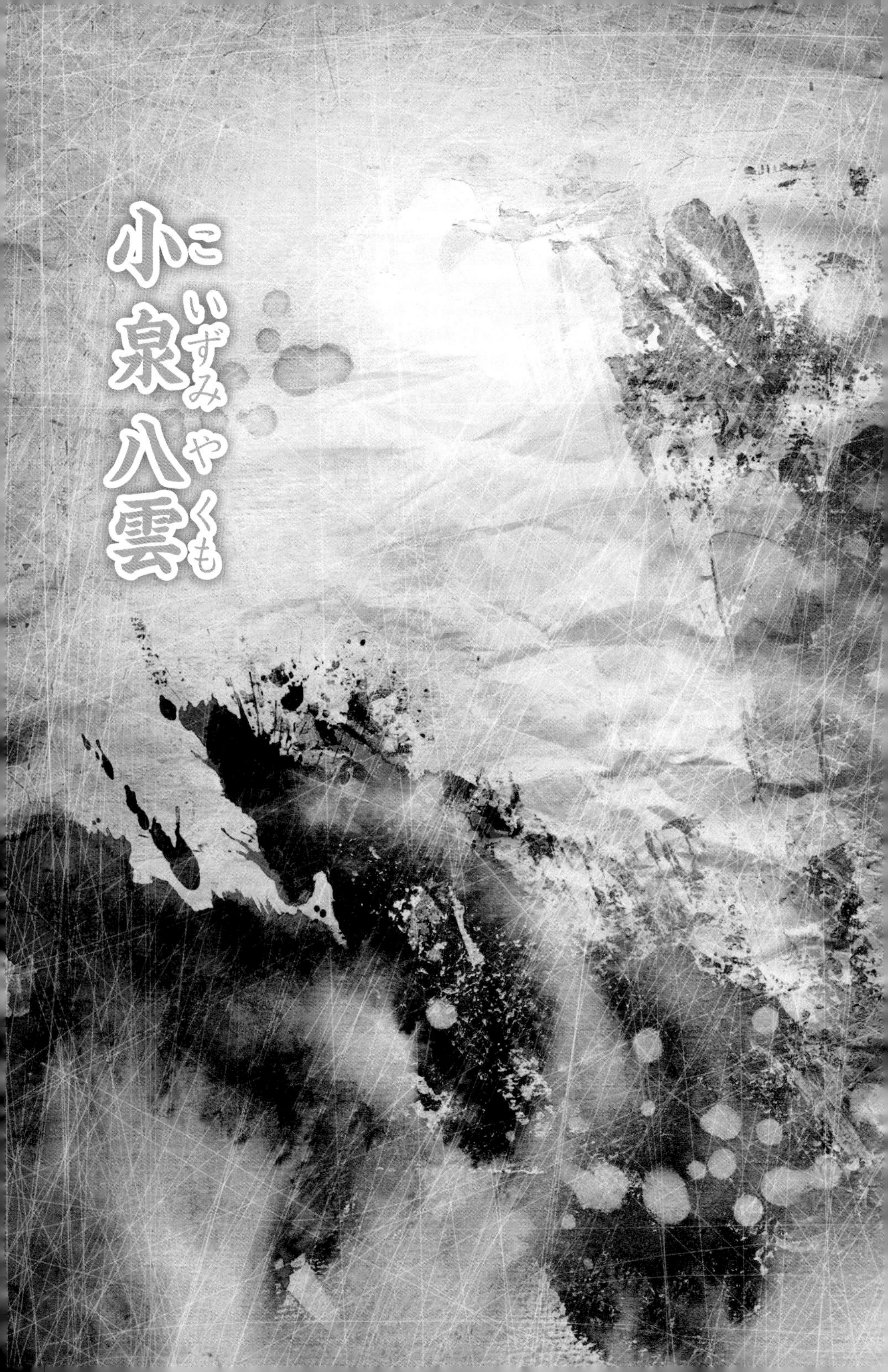

小泉《こいずみ》八雲《やくも》——Lafcadio Hearn的故事

靜岡英和學院大學准教授・蔡佩青

小・ママ・サマ
コンニチ・アサ・ウミ・ニ・オヨギマシタ
（小小的媽媽　今天早上，我到海邊游泳。）

小・カワイ・ママ・サマ
サクバン・ウンド・シマシタ・ヤマトダケ・ノ・ミコト・ニ・タヅ子・シマシタ・ト・クロ　トンボウ・ヲ・ツカミマシタ
（小小的可愛的媽媽　昨晚去運動，去了日本武尊的神社，還抓到了黑蜻蜓。）

小・イチバン・カワイ・ママ・サマ
ワタクシ・スキ・ナイ・ヒト・シル・ワタシ・ヤイヅ・ニ・デス
（小小的世界上最可愛的媽媽　我不喜歡人家知道我在燒津。）

這幾段書簡內容，站在日文老師的立場來看，簡直糟到不行。但站在日本文學研究者的角度來看，文中那些不合文法的單字連結，卻像五線譜上跳躍的音符，如詩、如歌。

這是一位希臘（當時為英國領地）出身，名為 Lafcadio Hearn 的日本民俗研究家寫給他妻子的信。他三十五歲（一八八四年）時，在美國紐奧良所舉辦的萬國產業棉花百年紀念博覽會上，對日本藝術品中的精巧圖紋一見鍾情，從此愛上日本。Hearn 放棄了長久以來的記者身分，四十歲時隻身到日本，在島根縣當起中學英文老師，結識了士族出身的節子（セツ）❶，也就是書簡中的小媽媽。這幾封書簡是 Hearn 在世的最後一年，一九〇四年八月帶著小孩到靜岡縣燒津市的海邊過暑假時，寫給留在東京的妻子的信。

在燒津小泉八雲紀念館，透過玻璃展示櫃看著早已泛黃的一百一十年前的信紙，想起剛剛沿著海邊朝向書簡中提及的燒津神社走過來時的街景，老舊屋舍幾乎都改建成現代水泥建築物了，但仍保有過去傳統小漁港獨特的純樸閒致。燒津神社所祭祀的日本武尊，是出自史書《古事記》中的神話故事，燒津的地名也來自於此。Hearn 就是愛上了這個有他最喜愛的日本神話，以及與希臘家鄉極為相似的海岸。在他因心臟病發過世前的最後六年，幾乎每年都到這裡游泳、散步，渡過炎熱的夏天。

Hearn 稱燒津的房東山口乙吉為「如神之人」，叫他「乙吉さーま」，而乙吉和燒津當地的人則稱 Hearn 為「先生さま」。他似乎對「さま」這個單字懷有特別的感情，他稱妻子「ママサマ」，在書簡中甚至自稱「オパパサマ」。Hearn 雖然在日本生活了十四年，但並不精通日文；而他的妻子也不擅長英文，於是兩人之間便用簡短的單字文體來溝

通。也許正因為能理解的單字有限，隻字片語間更充滿了一般文章所無法表達的深厚情感。

Hearn 在日本的教師生涯並非一帆風順，島根縣的嚴冬和微薄的待遇迫使他轉任到九州熊本的高中，爾後因三年的任期結束，搬到神戶擔任英文報社記者。但 Hearn 放不掉最愛的日本文化，也為了家人的未來，決定辭去兩年的記者工作而專心寫作。同時間他也受邀到東京帝國大學（現，東京大學）教授英國文學史、詩人論等科目，可惜也只有短短七年的時間，便在大學反高薪外國教師的政策下，不得不辭去東大的職位。

不過，在這些因家計而反覆流轉看似不安定生活中，反而給 Hearn 更多時間去認識散布在日本各個角落的傳統風俗民情。他的足跡遍及東京以南日本各地——鎌倉、伊勢神宮、京都、奈良、出雲大社、太宰府、金比羅宮等等與日本歷史傳統息息相關的地方。Hearn 深愛日本文化，總是央求妻子說書給他聽。節子雖然出身士族，但幼年時因養父母家道中落，沒有機會接受太多的學校教育。即使如此，她到處收集古書自學，並翻譯成獨特的「Hearn 語言」，讀給 Hearn 聽。節子在追憶 Hearn 的文章中提到，Hearn 不喜歡照本宣科的故事，他要求節子不看書，用自己的話來說故事。「本を見る、いけません。ただあなたの話、あなたの言葉、あなたの考でなければ、いけません」。節子從小就喜歡聽故事，一聽到哪裡有說書人（語り部），便跑去要求對方說故事。她與 Hearn 的相遇，是命運的安排，這會兒輪到她說故事給 Hearn 聽。節子所收集的日文書和漢文書，現在收藏在富山大學ヘルン文庫（The Lafcadio Hearn Library）裡，達三百六十四冊之多，這些書

籍以近世（十七～十九世紀）出版的小說居多，偶而散見幾本古典文學作品以及佛教思想著作，如《古今著聞集》❷《平家物語》❸《往生要集》❹《沙石集》❺《親鸞上人御一代記圖繪》❻等。可想見節子一字一句地，對 Hearn 耐心說明著這些難懂文字的景象，就像媽媽教小孩說話一般，可眼前這聰穎的外國人又極為嚴厲地要求小媽媽必須透過自己的思考來解釋這些故事。每日每夜，小媽媽和爸爸先生在微微燭光中開著怪談會議，小媽媽說「那時家裡的氣氛簡直像個鬼屋（その頃は私の家は化物屋敷のようでした）」。

Hearn 把這些傳說在自己的思考中加以編輯，用英文重寫成看似古老卻又嶄新的故事，最後再被翻譯成優美的日文，呈現在日本人眼前。經過層層的語言轉換，終於誕生出比原著更經典的作品。比如本書中所收錄的「雪女」，多數人已經忘記早在十五世紀末，這故事已由日本文學史上極為著名的連歌師宗祇改編紀錄下來了。而一個遠從英國漂洋過海而來外國人，喚醒了日本遺失在歷史中的深邃記憶，他重寫的故事，或許彌補不了記憶的斷層，但肯定會永遠流傳日本，重新寫下一頁新的文學史。

對了，我忘記說了，Lafcadio Hearn 有一個很美麗的日本名字，小泉八雲。

註

❶ 小泉八雲的妻子小泉節子曾撰述她對小泉八雲的回憶，題為《回憶記錄（思い出の記）》。

❷ 《古今著聞集》：橘成季編著，一二五四年。收錄超過七百篇以歷史事件為中心的小故事（在日本文學分類上列為「說話文學」），包括許多宮廷緋聞和民間傳說。

❸《平家物語》：作者不詳，十三～十四世紀。以平清盛為中心，描述平氏一族從繁榮到沒落的歷史，其中包括不少非真實事件的民間傳說與神話英雄式的描述。

❹《往生要集》：源信著，九八五年。日本首部詳述極樂淨土與地獄輪迴思想的佛學論著，是日本淨土教派的思想基礎。

❺《沙石集》：無住著，一二八三年。收錄一百五十多篇有關佛教或修行的教化故事。

❻《親鸞上人御一代記圖繪》：白蓮洞里仙著，一八九一年。描述日本淨土真宗的開宗祖師親鸞（一一七三～一二六二）一生的故事。

導讀　無耳芳一

靜岡英和學院大學准教授・蔡佩青

除了無耳芳一的故事，我還聽過兩則有關失去耳朵的故事。一是世界知名畫家——文生・梵谷（一八五三～一五九〇），據說他因為被友人保羅・高更嘲笑耳朵形狀怪異而割掉自己的左耳。一是復興日本華嚴宗的高僧——明惠（一一七三～一二三二），他則因為擔心天生美貌妨礙修行向佛，而藉捨身之名割掉自己的右耳。無論為了什麼而失去耳朵，只要有人提起這三個故事，我就不由自主地要打冷顫，就像想起「梅子」這兩個字口中就發酸似的。所以老實說，當我在富山縣一間寺院的法會晚課上看過一次無耳芳一的動畫影片後，就抗拒主動去接觸這個故事，這證明了此故事成功地嚇到了讀者——至少在我身上。而偏偏第一次有機會現場聽到琵琶法師彈唱《平家物語》，也在同一間寺院的同一個法會上。

琵琶法師是活躍於日本中世時期（十三世紀～十四世紀）的一種職人，彈奏琵琶走唱各地。唱的是當時最膾炙人口的平氏與源氏兩族的政治爭霸戰。故事最高潮也最悲悽的橋段，是曾經傲睨一世的平氏被逼到長門國赤間關壇之浦（現在的山口縣下關市）海岸，與源義經所率領的源氏軍隊進行海上交戰。這是兩族之間的最後一場戰役，史書《吾妻鏡》❶中淡淡寫道：「兩軍在壇之浦海上相隔約三百公尺，平氏五百艘軍船兵分三路迎戰，正午時分終究戰敗族滅。」

這麼一場攸關日本皇統血脈，動盪歷史的戰役，豈能如此一言帶過。尤其是當平氏將滅的最後一刻，兩位尼僧緊抱著年僅八歲的安德天皇投海之際，面對幼帝問及去處，尼僧回答：「到佛陀的淨土世界去，浪下也有皇宮噢！」琵琶高亢的弦音刺耳及心，無論平氏有過甚麼萬不可赦的罪狀，都沉在這場幕落之後仍迴盪不已的浪聲中。

不過，尼僧與幼帝似乎並沒有順利抵達海底龍宮。護衛們找到芳一，唯有他能真正彈唱出平氏一族的哀戚。平氏亡靈要求芳一連續彈唱七天，以超渡幼帝往生極樂世界，然而阿彌陀寺的住持卻清楚知道，這並不是個超渡儀式；而是要帶走芳一，要芳一成為亡靈專屬的琵琶法師。住持在芳一身上寫滿了經文，只要忍住不發出一點聲音，亡靈就永遠找不到芳一。可是，住持偏偏漏寫了雙耳……

小泉八雲的無耳芳一改寫自江戶時期的小說《臥遊奇談》[2]中所收錄的「琵琶秘曲泣幽靈」。小泉八雲幾乎沒有更動原書故事的架構或人物，只在幾段重點情節中加強情景描述或增加對話，就足以讓這原本只是帶點令人背脊發涼內容的傳說，變成一篇對歷史充滿豐富想像的故事。

芳一彈唱激烈海戰時，原書中只輕描淡寫了「傳來眾人們輕聲的稱讚」，而小泉八雲將這些聽眾們的聲音大膽寫出。"How marvellous an artist!"、"Never in our own province was playing heard like this!"、"Not in all the empire is there another singer like Hoichi!" 小泉八雲誇大描述故事細節，藉由讚美聲將視點拉至觀眾席，好讓鎂光燈打在芳一身上。他的重新詮釋，讓閱讀的文字轉化成一種演藝空間，我甚至可聽見琵琶尖銳的曲聲。行文至此，幾乎可以用「此作品不愧為小泉八雲的代表之作」來總結這篇導讀，但我想更進一步想像，舉世無雙的琵琶樂師、樂聲喚醒異界亡靈、經文鎮壓哭號的亡靈、亡靈奪走樂師的聽覺，將這四個組成故事的元素畫圓圈起來，其交集便是——聲音。而經文本來也是藉由發聲念誦得以發揮對抗異界的特殊功效。芳一能忍住雙耳被撕裂的痛，或許正因為他在心中默頌著經文，而這又是另一種聲音。

能讓讀者在閱讀故事時，無時無刻地發揮想像力去營造更多重的作品世界，此作品不愧為小泉八雲的代表作。

註

❶《吾妻鏡》：以鎌倉幕府初代至六代將軍為中心，記錄一一八〇～一二六六年之間鎌倉幕府的事蹟。爾後德川家康奉為幕府政治的範本。

❷《臥遊奇談》：一夕散人著，一七六二年。收錄七篇怪談故事，每篇並附插圖。

原文鑑賞

耳無芳一《みみなしほういち》の話《はなし》

小泉八雲《こいずみやくも》（戸川明三譯）

1

七百年以上《ななひゃくねんいじょう》も昔《むかし》の事《こと》、下ノ関海峡《しものせきかいきょう》の壇ノ浦《だんのうら》で、平家《へいけ》すなわち平族《たいらぞく》と、源氏《げんじ》すなわち源族《みなもとぞく》との間《あいだ》の、永《なが》い争《あらそ》いの最後《さいご》の戦闘《せんとう》が戦《たたか》われた。この壇ノ浦《だんのうら》で平家《へいけ》は、そ

の一族《いちぞく》の婦人子供《ふじんこども》ならびにその幼帝《ようてい》——今日《こんにち》安徳天皇《あんとくてんのう》として記憶《きおく》されている——と共《とも》に、まったく滅亡《めつぼう》した。そうしてその海《うみ》と浜辺《はまべ》とは七百年間《ななひゃくねんかん》その怨霊《おんりょう》に祟《たた》られていた……他《ほか》の個処《かしょ》で私《わたし》はそこに居《い》る平家蟹《へいけがに》という不思議《ふしぎ》な蟹《かに》の事《こと》を読者諸君《どくしゃしょくん》に語《かた》った事《こと》があるが、それはその背中《せなか》が人間《にんげん》の顔《かお》になっており、平家《へいけ》の武者《むしゃ》の魂《たましい》であると云《い》われているのである。しかしその海岸一帯《かいがんいったい》には、たくさん不思議《ふしぎ》なことが見聞《みき》きされる。闇夜《やみよ》には幾千《いくせん》となき幽霊火《ゆうれいび》が、水《みず》うち際《ぎわ》にふわふわさすらうか、もしくは波《なみ》の上《うえ》にちらちら飛《と》ぶ——すなわち漁夫《ぎょふ》の呼《よ》んで鬼火《おにび》すなわち魔《ま》の火《ひ》と称《しょう》する青白《あおじろ》い光《ひか》りである。そして風《かぜ》の立《た》つ時《とき》には大《おお》きな叫《さけ》び声《ごえ》が、戦《いくさ》の叫喚《きょうかん》のように、海《うみ》から聞《きこ》えて来《く》る。

平家《へいけ》の人達《ひとたち》は以前《いぜん》は今《いま》よりも遥《はる》かに焦慮《もが》いていた。夜《よる》、

漕《こ》ぎ行《ゆ》く船《ふね》のほとりに立《た》ち顕《あらわ》れ、それを沈《しず》めようとし、また水泳《すいえい》する人《ひと》をたえず待《ま》ち受《う》けていては、それを引《ひ》きずり込《こ》もうとするのである。これらの死者《ししゃ》を慰《なぐさ》めるために建立《こんりゅう》されたのが、すなわち赤間ヶ関《あかまがせき》の仏教《ぶっきょう》の御寺《おてら》なる阿彌陀寺《あみだじ》であったが、その墓地《ぼち》もまた、それに接《せっ》して海岸《かいがん》に設《もう》けられた。そしてその墓地《ぼち》の内《うち》には入水《にゅうすい》された皇帝《こうてい》と、その歴歴《れきれき》の臣下《しんか》との名《な》を刻《きざ》みつけた幾《いく》箇《つ》かの石碑《せきひ》が立《た》てられ、かつそれ等《ら》の人々《ひとびと》の霊《れい》のために、仏教《ぶっきょう》の法会《ほうえ》がそこで整然《ちゃん》と行《おこな》われていたのである。この寺《てら》が建立《こんりゅう》され、その墓《はか》が出来《でき》てから以後《いご》、平家《へいけ》の人達《ひとたち》は以前《いぜん》よりも禍《わざわ》いをする事《こと》が少《すく》なくなった。しかしそれでもなお引《ひ》き続《つづ》いておりお

り、怪《あや》しい事《こと》をするのではあった——彼等《かれら》が完《まった》き平和《へいわ》を得《え》ていなかった事《こと》の証拠《しょうこ》として。

幾百年《いくひゃくねん》か以前《いぜん》の事《こと》、この赤間ヶ関《あかまがせき》に芳一《ほういち》という盲人《もうじん》が住《す》んでいたが、この男《おとこ》は吟誦《ぎんしょう》して、琵琶《びわ》を奏《そう》するに妙《みょう》を得《え》ているので世《よ》に聞《きこ》えていた。子供《こども》の時《とき》から吟誦《ぎんしょう》し、かつ弾奏《だんそう》する訓練《くんれん》を受《う》けていたのであるが、まだ少年《しょうねん》の頃《ころ》から、師匠達《ししょうたち》を凌駕《りょうが》していた。本職《ほんしょく》の琵琶法師《びわほうし》としてこの男《おとこ》は重《おも》に、平家《へいけ》及《およ》び源氏《げんじ》の物語《ものがたり》を吟誦《ぎんしょう》するので有名《ゆうめい》になった、そして壇ノ浦《だんのうら》の戦《いくさ》の歌《うた》を謡《うた》うと鬼神《きしん》すらも涙《なみだ》をとどめ得《え》なかったという事《こと》である。

芳一《ほういち》には出世《しゅっせ》の首途《かどで》の際《さい》、はなはだ貧《まず》しかったが、しかし助《たす》けてくれる深切《しんせつ》な友《とも》があった。すなわち阿彌陀寺《あみだじ》の住《じゅう》職《しょく》というのが、詩歌《しいか》や音楽《おんがく》が好《す》きであったので、たびたび芳一《ほういち》を寺《てら》へ招《しょう》じて弾奏《だんそう》させ、また、吟誦《ぎんしょう》したのであっ

た。後《あと》になり住職《じゅうしょく》はこの少年《しょうねん》の驚《おどろ》くべき技《ぎ》倆《りょう》にひどく感心《かんしん》して、芳一《ほういち》に寺《てら》をば自分《じぶん》の家《いえ》とするようにと云《い》い出《だ》したのであるが、芳一《ほういち》は感謝《かんしゃ》してこの申《もう》し出《で》を受納《じゅのう》した。それで芳《ほう》一《いち》は寺院《じいん》の一室《いっしつ》を与《あた》えられ、食事《しょくじ》と宿泊《しゅくはく》とに対《たい》する返礼《へんれい》として、別《べつ》に用《よう》のない晩《ばん》には、琵琶《びわ》を奏《そう》して、住職《じゅうしょく》を悦《よろこ》ばすという事《こと》だけが注文《ちゅうもん》されていた。

ある夏《なつ》の夜《よる》の事《こと》、住職《じゅうしょく》は死《し》んだ檀家《だんか》の家《いえ》で、仏教《ぶっきょう》の法会《ほうえ》を営《いとな》むように呼《よ》ばれたので、芳一《ほういち》だけを寺《てら》に残《のこ》して納所《なっしょ》を連《つ》れて出《で》て行《い》った。それは暑《あつ》い晩《ばん》であったので、盲人芳一《もうじんほういち》は涼《すず》もうと思《おも》って、寝間《ねま》の前《まえ》の縁側《えんがわ》に出《で》ていた。この縁側《えんがわ》は阿彌陀寺《あみだじ》の裏手《うらて》の小《ちい》さな庭《にわ》を見下《みくだ》しているのであった。芳一《ほういち》は住職《じゅうしょく》の帰来《きらい》を待《ま》ち、琵琶《びわ》を練習《れんしゅう》しながら自分《じぶん》の孤独《こどく》を慰《なぐさ》めていた。夜《や》半《はん》も過《す》ぎたが、住職《じゅうしょく》は帰《かえ》って来《こ》なかった。しかし空気《くうき》はまだなかなか暑《あつ》くて、戸《と》の内《うち》ではくつろぐわけにはいかない、それで芳一《ほういち》は外《そと》に居《い》た。やがて、裏門《うらもん》から近《ちか》よって来《く》る跫音《あしおと》が聞《きこ》えた。誰《だれ》かが庭《にわ》を横断《おうだん》して、縁側《えんがわ》の処《ところ》へ進《すす》みより、芳一《ほういち》のすぐ前《まえ》に立《た》ち止《どま》った――が、それは住職《じゅうしょく》ではなかった。底力《そこぢから》のある声《こえ》が盲人《もうじん》の名《な》を呼《よ》んだ――出《だ》し抜《ぬ》けに、無作法《ぶさほう》に、ちょうど、侍《さむらい》が下下《したじた》註を呼《よ》びつけるような風《ふう》に――

『芳一《ほういち》！』

芳一《ほういち》はあまりに吃驚《びっくり》してしばらくは返事《へんじ》も出《で》なかった、すると、その声《こえ》は厳《きび》しい命令《めいれい》を下《くだ》すような調子《ちょうし》で呼《よ》ばわった――

『芳一《ほういち》！』

『はい！』と威嚇《いかく》する声《こえ》に縮《ちぢ》み上《あ》って盲人《もうじん》は返事《へんじ》をした――『私《わたし》は盲目《もうもく》で御座《ござ》います！――どなたがお呼《よ》びになるのか解《わか》りません！』

註：亦可讀為「しもじも」。

4

見知《みし》らぬ人《ひと》は言葉《ことば》をやわらげて言《い》い出《だ》した、『何《なに》も恐《こ》わがる事《こと》はない、拙者《せっしゃ》はこの寺《てら》の近処《きんじょ》に居《い》るもので、お前《まえ》の許《とこ》へ用《よう》を伝《つた》えるように言《い》いつかって来《き》たものだ。拙者《せっしゃ》の今《いま》の殿様《とのさま》と云《い》うのは、大《たい》した高《たか》い身分《みぶん》の方《かた》で、今《いま》、たくさん立派《りっぱ》な供《とも》をつれてこの赤《あか》間《ま》ケ関《がせき》に御滞在《ごたいざい》なされているが、壇ノ浦《だんのうら》の戦場《せんじょう》を御覧《ごらん》になりたいというので、今日《こんにち》、そこを御見物《ごけんぶつ》になったのだ。ところで、お前《まえ》がその戦争《いくさ》の話《はなし》を語《かた》るのが、上手《じょうず》だという事《こと》をお聞《き》きになり、お前《まえ》のその演奏《えんそう》をお聞《き》きになりたいとの御所望《ごしょもう》である、であるから、琵琶《びわ》をもち即刻《そっこく》拙者《せっしゃ》と一緒《いっしょ》に尊《とうと》い方方《かたがた》の待《ま》ち受《う》けておられる家《いえ》へ来《く》るが宜《よ》い』

当時《とうじ》、侍《さむらい》の命令《めいれい》と云《い》えば容易《ようい》に、反《そむ》くわけにはいかなかった。で、芳一《ほういち》は草履《ぞうり》をはき琵琶《びわ》をもち、知《し》らぬ人《ひと》と一緒《いっしょ》に出《で》て行《い》ったが、その人《ひと》は巧者《こうしゃ》に芳一《ほういち》を案内《あんない》して

行《い》ったけれども、芳一《ほういち》はよほど急《いそ》ぎ足《あし》で歩《ある》かなければならなかった。また手引《てび》きをしたその手《て》は鉄《てつ》のようであった。武者《むしゃ》の足《あし》どりのカタカタいう音《おと》はやがて、その人《ひと》がすっかり甲冑《かっちゅう》を著《つ》けている事《こと》を示《しめ》した——定《さだ》めし何《なに》か殿居《とのい》の衛士《えいし》ででもあろうか、芳一《ほういち》の最初《さいしょ》の驚《おどろ》きは去《さ》って、今《いま》や自《じ》分《ぶん》の幸運《こううん》を考《かんが》え始《はじ》めた——何故《なぜ》かというに、この家来《けらい》の人《ひと》の「大《たい》した高《たか》い身分《みぶん》の人《ひと》」と云《い》った事《こと》を思《おも》い出《だ》し、自分《じぶん》の吟誦《ぎんしょう》を聞《き》きたいと所望《しょもう》された殿様《とのさま》は、第一流《だいいちりゅう》の大名《だいみょう》に外《ほか》ならぬと考《かんが》えたからである。やがて侍《さむらい》は立《た》ち止《どま》った。芳一《ほういち》は大《おお》きな門口《かどぐち》に達《たっ》したのだと覚《さと》った——ところで、自分《じぶん》は町《まち》のその辺《あたり》には、阿彌陀寺《あみだじ》の大門《だいもん》を

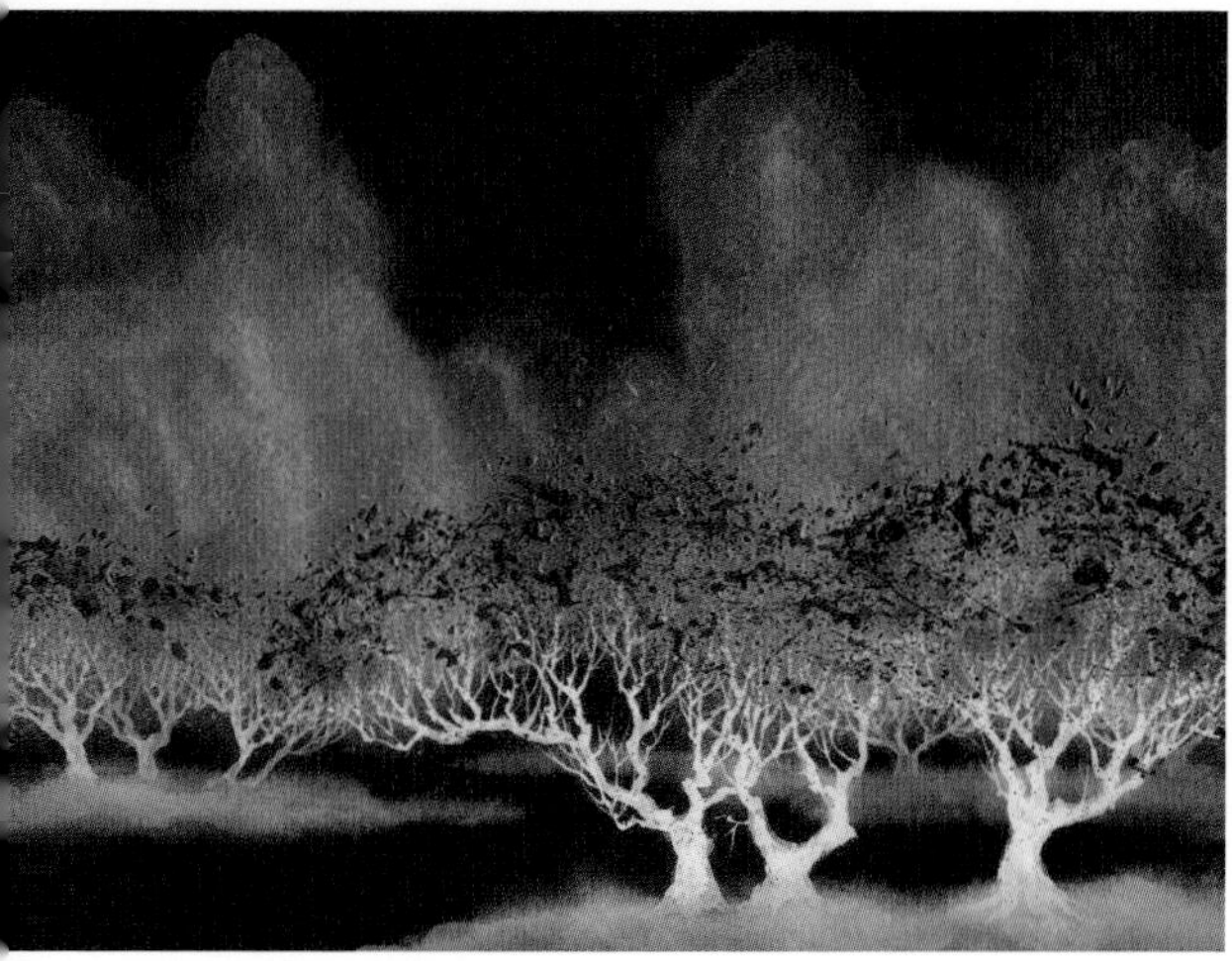

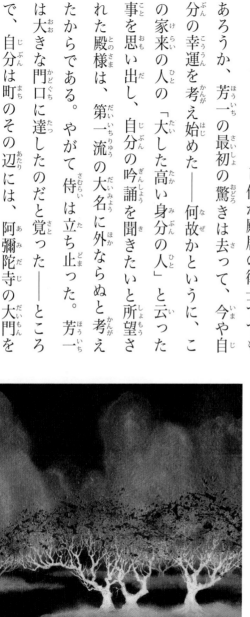

5

外《よそ》にしては、別《べつ》に大《おお》きな門《もん》があったとは思《おも》わなかったので不思議《ふしぎ》に思《おも》った。「開門《かいもん》！」と侍《さむらい》は呼《よ》ばわった――すると閂《かんぬき》を抜《ぬ》く音《おと》がして、二人《ふたり》は這《は》入《い》って行《い》った。二人《ふたり》は広《ひろ》い庭《にわ》を過《す》ぎ再《ふたた》びある入口《いりぐち》の前《まえ》で止《と》まった。そこでこの武士《ぶし》は大《おお》きな声《こえ》で「これ誰《だ》れか内《うち》のもの！　芳一《ほういち》を連《つ》れて来《き》た」と叫《さけ》んだ。すると急《いそ》いで歩《ある》く跫音《あしおと》、襖《ふすま》のあく音《おと》、雨戸《あまど》の開《ひら》く音《おと》、女達《おんなたち》の話《はな》し声《ごえ》などが聞《きこ》えて来《き》た。女達《おんなたち》の言葉《ことば》から察《さっ》して、芳一《ほういち》はそれが高貴《こうき》な家《いえ》の召使《めしつかい》である事《こと》を知《し》った。しかしどういう処《ところ》へ自分《じぶん》は連《つ》れられて来《き》たのか見当《けんとう》が付《つ》かなかった。が、それをとにかく考《かんが》えている間《ま》もなかった。手《て》を引《ひ》かれて幾箇《いくつ》かの石段《いしだん》を登《のぼ》ると、その一番最後《いちばんしまい》の段《だん》の上《うえ》で、草履《ぞうり》をぬげと云《い》われ、それから女《おんな》の手《て》に導《みちび》かれて、拭《ふ》き込《こ》んだ板鋪《いたじき》のはてしのない区域《くいき》を過《す》ぎ、覚《おぼ》え切《き》れないほど

たくさんな柱《はしら》の角《かど》を廻《まわ》り、驚《おどろ》くべきほど広《ひろ》い畳《たたみ》を敷《し》いた床《ゆか》を通《とお》り——大《おお》きな部屋《へや》の真中《まんなか》に案内《あんない》された。そこに大勢《おおぜい》の人《ひと》が集《あつま》っていたと芳一《ほういち》は思《おも》った。絹《きぬ》のすれる音《おと》は森《もり》の木《こ》の葉《は》の音《おと》のようであった。それからまた何《な》んだかガヤガヤ云《い》っている大勢《おおぜい》の声《こえ》も聞《きこ》えた——低音《ていおん》で話《はな》している。そしてその言葉《ことば》は宮中《きゅうちゅう》の言葉《ことば》であった。

芳一《ほういち》は気楽《きらく》にしているようにと云《い》われ、座蒲団《ざぶとん》が自《じ》分《ぶん》のために備《そな》えられているのを知《し》った。それでその上《うえ》に座《ざ》を取《と》って、琵琶《びわ》の調子《ちょうし》を合《あ》わせると、女《おんな》の声《こえ》が——その女《おんな》を芳一《ほういち》は老女《ろうじょ》すなわち女《おんな》のする用向《ようむ》きを取《と》り締《しま》る女中頭《じょちゅうがしら》だと判《はん》じた——芳一《ほういち》に向《むか》ってこう言《い》いかけた——

『ただ今《いま》、琵琶《びわ》に合《あ》わせて、平家《へいけ》の物語《ものがたり》を語《かた》っていただきたいという御所望《ごしょもう》に御座《ござ》います』

6

さてそれをすっかり語《かた》るのには幾晩《いくばん》もかかる、それ故芳一《ゆえほういち》は進《すす》んでこう訊《たず》ねた——

『物語《ものがたり》の全部《ぜんぶ》は、ちょっとは語《かた》られませぬが、どの条下《くさり》を語《かた》れという殿様《とのさま》の御所望《ごしょもう》で御座《ござ》いますか？』

女《おんな》の声《こえ》は答《こた》えた——

『壇《だん》ノ浦《うら》の戦《いくさ》の話《はなし》をお語《かた》りなされ——その一条下《ひとくさり》が一《いち》番哀《ばんあわ》れの深《ふか》い処《ところ》で御座《ござ》いますから』

芳一《ほういち》は声《こえ》を張《は》り上《あ》げ、烈《はげ》しい海戦《かいせん》の歌《うた》をうたった——琵琶《びわ》を以《もっ》て、あるいは橈《かじ》を引《ひ》き、船《ふね》を進《すす》める音《おと》を出《だ》さしたり、はッしと飛《と》ぶ矢《や》の音《おと》、人々《ひとびと》の叫《さけ》ぶ声《こえ》、足踏《あしぶ》みの音《おと》、兜《かぶと》にあたる刃《やいば》の響《ひび》き、海《うみ》に陥《おちい》る打《う》たれたもの音等《おとなど》を、驚《おどろ》くばかりに出《だ》さしたりして。その演奏《えんそう》の途切《とぎ》れ途切《とぎ》れに、芳一《ほういち》は自分《じぶん》の左右《さゆう》に、賞讃《しょうさん》の囁《ささや》く声《こえ》を聞《き》いた、——「何《なん》という巧《うま》い琵琶師《びわし》だろう！」——「自分達《じぶんたち》の田舎《いなか》ではこんな琵琶《びわ》を聴《き》いた事《こと》がない！」——「国中《くにじゅう》に芳一《ほういち》のような謡《うた》い手《て》はまたとあるまい！」するといっ

そう勇気《ゆうき》が出《で》て来《き》て、芳一《ほういち》はますますうまく弾《ひ》きかつ謡《うた》った。そして驚《おどろ》きのため周囲《しゅうい》は森《しん》としてしまった。しかし終《おわ》りに美人弱者《びじんじゃくしゃ》の運命《うんめい》——婦人《ふじん》と子供《こども》との哀《あわ》れな最期《さいご》——双腕《そうわん》に幼帝《ようてい》を抱《だ》き奉《たてまつ》った二位《にい》の尼《あま》の入水《にゅうすい》を語《かた》った時《とき》には——聴者《ちょうしゃ》はことごとく皆《みな》一様《いちよう》に、長《なが》い長《なが》い戦《おのの》き慄《ふる》える苦悶《くもん》の声《こえ》をあげ、それから後《あと》というもの一同《いちどう》は声《こえ》をあげ、取《と》り乱《みだ》して哭《な》き悲《かな》しんだので、芳一《ほういち》は自分《じぶん》の起《お》こさした悲痛《ひつう》の強烈《きょうれつ》なのに驚《おどろ》かされたくらいであった。しばらくの間《あいだ》はむせび悲《かな》しむ声《こえ》が続《つづ》いた。しかし、おもむろに哀哭《あいこく》の声《こえ》は消《き》えて、またそれに続《つづ》いた非常《ひじょう》な静《しず》かさの内《うち》に、芳一《ほういち》は老女《ろうじょ》であると考《かんが》えた女《おんな》の声《こえ》を聞《き》いた。

7

その女《おんな》はこう云《い》った——

『私共《わたくしども》は貴方《あなた》が琵琶《びわ》の名人《めいじん》であって、また謡《うた》う方《かた》でも肩《かた》を並《なら》べるもののない事《こと》は

聞《き》き及《およ》んでいた事《こと》では御座《ござ》いますが、貴方《あなた》が今晩《こんばん》御聴《おき》かせ下《くだ》すったようなあんなお腕前《うでまえ》をお有《も》ちになろうとは思《おも》いも致《いた》しませんでした。殿様《とのさま》には大《たい》層御気《そうおき》に召《め》し、貴方《あなた》に十分《じゅうぶん》な御礼《おれい》を下《くだ》さる御考《おかんが》えである由《よし》を御伝《おつた》え申《もう》すようにとの事《こと》に御座《ござ》います。が、これから後六日《あとむいか》の間毎晩一度《あいだまいばんいちど》ずつ殿様《とのさま》の御前《ごぜん》で演奏《わざ》をお聞《き》きに入《い》れるようとの御意《ぎょい》に御座《ござ》います――その上《うえ》で殿様《とのさま》にはたぶん御帰《おかえ》りの旅《たび》に上《のぼ》られる事《こと》と存《ぞん》じます。それ故明晩《ゆえみょうばん》も同《おな》じ時刻《じこく》に、ここへ御出向《おでむ》きなされませ。今《こん》夜《や》、貴方《あなた》を御案内《ごあんない》いたしたあの家来《けらい》が、また、御迎《おむか》えに参《まい》るで御座《ござ》いましょう……それからもう一《ひと》つ貴方《あなた》に御伝《おつた》えするように申《もう》しつけられた事《こと》が御座《ござ》います。それは殿様《とのさま》がこの赤間《あかま》ヶ関《がせき》に御滞在中《ごたいざいちゅう》、貴方《あなた》がこの御殿《ごてん》に御上《おのぼ》りになる事《こと》を誰《だ》れにも御《お》話《はな》しにならぬようとの御所望《ごしょもう》に御座《ござ》います。殿様《とのさま》には御忍《おしの》びの御旅行《ごりょこう》ゆえ、かよう

な事《こと》はいっさい口外致《こうがいいた》さぬようにとの御上意《ごじょうい》によりますので。……ただ今《いま》、御自由《ごじゆう》に御坊《ごぼう》に御帰《おかえ》りあそばせ』

芳一《ほういち》は感謝《かんしゃ》の意《い》を十分《じゅうぶん》に述《の》べると、女《おんな》に手《て》を取《と》られてこの家《いえ》の入口《いりぐち》まで来《き》、そこには前《まえ》に自分《じぶん》を案内《あんない》してくれた同《おな》じ家来《けらい》が待《ま》っていて、家《いえ》につれられて行《い》った。家来《けらい》は寺《てら》の裏《うら》の縁側《えんがわ》の処《ところ》まで芳一《ほういち》を連《つ》れて来《き》て、そこで別《わか》れを告《つ》げて行《い》った。

8

芳一《ほういち》の戻《もど》ったのはやがて夜明《よあ》けであったが、その寺《てら》をあけた事《こと》には、誰《だれ》も気《き》が付《つ》かなかった――住職《じゅうしょく》はよほど遅《おそ》く帰《かえ》って来《き》たので、芳一《ほういち》は寝《ね》ているものと思《おも》ったのであった。昼《ひる》の中芳一《うちほういち》は少《すこ》し休息《きゅうそく》する事《こと》が出来《でき》た。そしてその不思議《ふしぎ》な事件《じけん》については一言《ひとこと》もしなかった。翌日《よくじつ》の夜中《よなか》に侍《さむらい》がまた芳一《ほういち》を迎《むか》えに来《き》て、かの高貴《こうき》の集《あつま》りに連《つ》れて行《い》ったが、そこで芳一《ほういち》はまた吟誦《ぎんしょう》し、前回《ぜんかい》の演奏《えんそう》が贏《か》ち得《え》たその同《おな》じ成《せい》功《こう》を博《はく》した。しかるにこの二度目《にどめ》の伺候中《しこうちゅう》、芳一《ほういち》の寺《てら》をあけている事《こと》が偶然《ぐうぜん》に見《み》つ

けられた。それで朝戻《あさもど》ってから芳一《ほういち》は住職《じゅうしょく》の前《まえ》に呼《よ》びつけられた。住職《じゅうしょく》は言葉《ことば》やわらかに叱《しか》るような調子《ちょうし》でこう言《い》った、――

『芳一《ほういち》、私共《わたくしども》はお前《まえ》の身《み》の上《うえ》を大変心配《たいへんしんぱい》していたのだ。目《め》が見《み》えないのに、一人《ひとり》で、あんなに遅《おそ》く出《で》かけては険難《けんなん》だ。何故《なぜ》、私共《わたくしども》にことわらずに行《い》ったのだ。そうすれば下男《げなん》に供《とも》をさしたものに、それからまたどこへ行《い》っていたのかな』

芳一《ほういち》は言《い》い遁《のが》れるように返事《へんじ》をした――

『和尚様《おしょうさま》、御免下《ごめんくだ》さいまし！　少々《しょうしょう》私用《しよう》が御座《ござ》いまして、他《ほか》の時刻《じこく》にその事《こと》を処置《しょち》する事《こと》が出来《でき》ませんでしたので』

住職《じゅうしょく》は芳一《ほういち》が黙《だま》っているので、心配《しんぱい》したというよりむしろ驚《おどろ》いた。それが不自然《ふしぜん》な事《こと》であり、何《なに》かよくない事《こと》でもあるのではなかろうかと感《かん》じたのであった。住職《じゅうしょく》

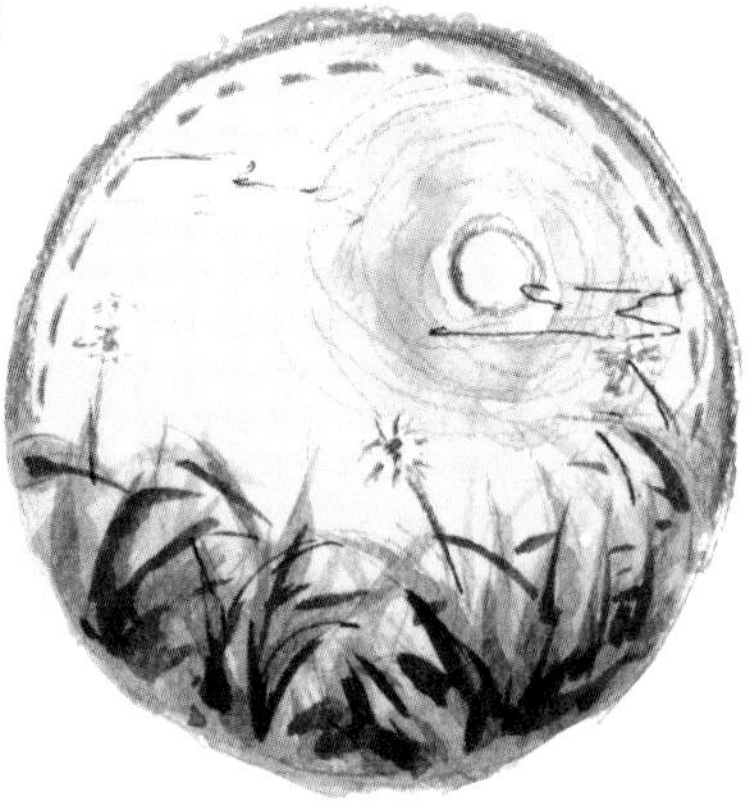

はこの盲人《もうじん》の少年《しょうねん》があるいは悪魔《あくま》につかれたか、あるいは騙《だま》されたのであろうと心《しん》配《ぱい》した。で、それ以上何《いじょうなに》も訊《たず》ねなかったが、ひそかに寺《てら》の下男《げなん》に旨《むね》をふくめて、芳《ほう》一《いち》の行動《こうどう》に気《き》をつけており、暗《くら》くなってから、また寺《てら》を出《で》て行《い》くような事《こと》があったなら、その後《あと》を跟《つ》けるようにと云《い》いつけた。

すぐその翌晩《よくばん》、芳一《ほういち》の寺《てら》を脱《ぬ》け出《だ》して行《い》くのを見《み》たので、下男達《げなんたち》は直《ただ》ちに提灯《ちょうちん》をともし、その後《あと》を跟《つ》けた。しかるにそれが雨《あめ》の晩《ばん》で非常《ひじょう》に暗《くら》かったため、寺男《てらおとこ》が道路《どうろ》へ出《で》ない内《うち》に、芳一《ほういち》の姿《すがた》は消《き》え失《う》せてしまった。

まさしく芳一《ほういち》は非常《ひじょう》に早足《はやあし》で歩《ある》いたのだ——その盲目《もうもく》な事《こと》を考《かんが》えてみるとそれは不思議《ふしぎ》な事《こと》だ、何故《なぜ》かと云《い》うに道《みち》は悪《わる》かったのであるから。男達《おとこたち》は急《いそ》いで町《まち》を通《とお》って行《い》き、芳一《ほういち》がいつも行《い》きつけている家《いえ》へ行《い》き、訊《たず》ねてみたが、誰《だ》れも芳《ほう》一《いち》の事《こと》を知《し》っているものはなかった。しまいに、男達《おとこたち》は浜辺《はまべ》の方《ほう》の道《みち》から寺《てら》へ帰《かえ》って来《く》ると、阿彌陀寺《あみだじ》の墓地《ぼち》の中《なか》に、盛《さか》んに琵琶《びわ》の弾《だん》じられている音《おと》が聞《きこ》えるので、一同《いちどう》は吃驚《びっくり》した。二《ふた》つ三《みっ》つの鬼火《おにび》——暗《くら》い晩《ばん》に通例《つうれい》そこにちらちら見《み》えるような——の外《ほか》、そちらの方《ほう》は真暗《まっくら》であった。しかし、男達《おとこたち》はすぐに墓地《ぼち》へと急《いそ》いで行《い》った、そして提灯《ちょうちん》の明《あ》かりで、一同《いちどう》はそこに芳一《ほういち》を見《み》つけた——雨《あめ》の中《なか》に、安徳天皇《あんとくてんのう》の記念《きねん》の墓《はか》の前《まえ》に独《ひと》り坐《すわ》って、琵琶《びわ》をならし、壇ノ浦《だんのうら》の合戦《かっせん》の曲《きょく》を高《たか》く誦《しょう》して。その背後《うしろ》と周囲《まわり》と、それから到《いた》る処《ところ》たくさんの墓《はか》の上《うえ》に死者《ししゃ》の霊火《れいび》が蝋燭《ろうそく》のように燃《も》えていた。いまだかつて人《ひと》の目《め》にこれほどの鬼火《おにび》が見《み》えた事《こと》はなかった……

『芳一《ほういち》さん！——芳一《ほういち》さん！』下男達《げなんたち》は声《こえ》をかけた『貴方《あなた》は何《なに》かに魅《ばか》されているのだ！……芳一《ほういち》さん！』

しかし盲人《もうじん》には聞《きこ》えないらしい。力《ちから》を籠《こ》めて芳一《ほういち》は琵琶《びわ》を錚錚嘎嘎《そうそうかつかつ》と鳴《な》らしていた——ますます烈《はげ》しく壇ノ浦《だんのうら》の合戦《かっせん》の曲《きょく》を誦《しょう》した。男達《おとこたち》は芳一《ほういち》をつかまえ——耳《みみ》に口《くち》をつけて声《こえ》をかけた——

『芳一《ほういち》さん！——芳一《ほういち》さん！——すぐ私達《わたしたち》と一緒《いっしょ》に家《いえ》にお帰《かえ》んなさい！』

叱《しか》るように芳一《ほういち》は男達《おとこたち》に向《む》って云《い》った——

『この高貴《こうき》の方方《かたがた》の前《まえ》で、そんな風《ふう》に私《わたし》の邪魔《じゃま》をするとは容赦《ようしゃ》はならんぞ』

事柄《ことがら》の無気味《ぶきみ》なのに拘《かかわ》らず註、これには下男達《げなんたち》も笑《わら》わずにはいられなかった。芳一《ほういち》が何《なに》かに魅《ばか》されていたのは確《たし》かなので、一同《いちどう》は芳一《ほういち》を捕《つかま》え、その身体《からだ》をもち上《あ》げて起《た》たせ、力《ちから》まかせに急《いそ》いで寺《てら》へつれ帰《かえ》った——そこで住職《じゅうしょく》の命令《めいれい》で、芳一《ほういち》は濡《ぬ》れた著物《きもの》を脱《ぬ》ぎ、新《あたら》しい著物《きもの》を著《き》せられ、食《た》べものや、飲《の》みものを与《あた》えられた。その上《うえ》で住職《じゅうしょく》は芳一《ほういち》のこの驚《おどろ》くべき行為《こうい》をぜひ十分《じゅうぶん》に説《と》き明《あ》かす事《こと》を迫《せま》った。

10

芳一《ほういち》は長《なが》い間《あいだ》それを語《かた》るに躊躇《ちゅうちょ》していた。しかし、遂《つい》に自分《じぶん》の行為《こうい》が実際《じっさい》、深切《しんせつ》な住職《じゅうしょく》を脅《おびや》かし、かつ怒《おこ》らした事《こと》を知《し》って、自分《じぶん》の

註：青空文庫中的原文為「事柄の無気味なに拘らず」。無法確認是原譯者漏了「る」或「の」，或是獨特的表現。本書暫加上「の」方便讀者了解文意。

緘黙《かんもく》を破《やぶ》ろうと決心《けっしん》し、最初《さいしょ》、侍《さむらい》の来《き》た時以来《ときいらい》、あった事《こと》をいっさい物語《ものがた》った。

するとは住職《じゅうしょく》は云《い》った……

『可哀《かわい》そうな男《おとこ》だ。芳一《ほういち》、お前《まえ》の身《み》は今大変《いまたいへん》に危《あや》ういぞ！もっと前《まえ》にお前《まえ》がこの事《こと》をすっかり私《わたし》に話《はな》さなかったのはいかにも不幸《ふこう》な事《こと》であった！お前《まえ》の音楽《おんがく》の妙技《みょうぎ》がまったく不思議《ふしぎ》な難儀《なんぎ》にお前《まえ》を引《ひ》き込《こ》んだのだ。お前《まえ》は決《けっ》して人《ひと》の家《いえ》を訪《おとず》れているのではなくて、墓地《ぼち》の中《なか》に平家《へいけ》の墓《はか》の間《あいだ》で、夜《よる》を過《すご》していたのだという事《こと》に、今《いま》はもう心付《こころつ》かなくてはいけない——今夜《こんや》、下男達《げなんたち》はお前《まえ》の雨《あめ》の中《なか》に坐《すわ》っているのを見《み》たが、それは安徳天皇《あんとくてんのう》の記念《きねん》の墓《はか》の前《まえ》であった。お前《まえ》が想像《そうぞう》していた事《こと》はみな幻影《まぼろし》だ——死《し》んだ人《ひと》の訪《おとず》れて来《き》た事《こと》の外《ほか》は。で、一度死《いちどし》んだ人《ひと》の云《い》う事《こと》を聴《き》いた上《うえ》は、身《み》をその為《す》るがままに任《まか》したというものだ。もしこれまであった事《こと》の上《うえ》に、またも、その云《い》う事《こと》を聴《き》いたなら、お前《まえ》はその人達《ひとたち》に八《や》つ裂《ざ》きにされる事《こと》だろう。しかし、いずれにしても早晩《そうばん》、お前《まえ》は殺《ころ》される……ところで、今夜私《こんやわたし》はお前《まえ》と一緒《いっしょ》にいるわけにいかぬ。私《わたし》はまた一《ひと》つ法会《ほうえ》をするように呼《よ》ばれている。が、行《い》く前《まえ》にお前《まえ》

の身体《からだ》を護《まも》るために、その身体《からだ》に経文《きょうもん》を書《か》いて行《い》かなければなるまい』

11

日没前住職《にちぼつまえじゅうしょく》と納所《なっしょ》とで芳一《ほういち》を裸《はだか》にし、筆《ふで》を以《もっ》て二人《ふたり》して芳一《ほういち》の、胸《むね》、背《せ》、頭《あたま》、顔《かお》、頸《くび》、手足《てあし》——身体中《からだじゅう》どこと云《い》わず、足《あし》の裏《うら》にさえも——般若心経《はんにゃしんぎょう》というお経《きょう》の文句《もんく》を書《か》きつけた。それが済《す》むと、住職《じゅうしょく》は芳一《ほういち》にこう言《い》いつけた。——

『今夜《こんや》、私《わたし》が出《で》て行《い》ったらすぐに、お前《まえ》は縁側《えんがわ》に坐《すわ》って、待《ま》っていなさい。すると迎《むか》えが来《く》る。が、どんな事《こと》があっても、返事《へんじ》をしたり、動《うご》いてはならぬ。口《くち》を利《き》かず静《しず》かに坐《すわ》っていなさい——禅定《ぜんじょう》に入《はい》っているようにして。もし動《うご》いたり、少《すこ》しでも声《こえ》を立《た》てたりすると、お前《まえ》は切《き》りさいなまれてしまう。恐《こ》わがらず、助《たす》けを呼《よ》んだりしようと思《おも》ってはいかぬ。——助《たす》けを呼《よ》んだところで助《たす》かるわけのものではないから。私《わたし》が云《い》う通《とお》りに間違《まちが》いなくしておれば、危険《きけん》は通《とお》り過《す》ぎて、もう恐《こ》わい事《こと》はなくなる』

日《ひ》が暮《く》れてから、住職《じゅうしょく》と納所《なっしょ》とは出《で》て行《い》った、芳一《ほういち》は言《い》いつけられた通《とお》り縁側《えんがわ》に座《ざ》を占《し》めた。自分《じぶん》の傍《そば》の板鋪《いたじき》の上《うえ》に琵琶《びわ》を置《お》き、入《にゅう》禅《ぜん》の姿勢《しせい》をとり、じっと静《しず》かにしていた——注意《ちゅうい》して咳《せき》もせかず、聞《きこ》えるようには息《いき》もせずに。幾時間《いくじかん》もこうして待《ま》っていた。

すると道路《どうろ》の方《ほう》から跫音《あしおと》のやって来《く》るのが聞《きこ》えた。跫音《あしおと》は門《もん》を通《とお》り過《す》ぎ、庭《にわ》を横通《よこどお》り、縁側《えんがわ》に近寄《ちかよ》って止《と》まった——すぐ芳一《ほういち》の正面《しょうめん》に。

『芳一《ほういち》！』と底力《そこぢから》のある声《こえ》が呼《よ》んだ。が盲人《もうじん》は息《いき》を凝《こ》らして、動《うご》かずに坐《すわ》っていた。

『芳一《ほういち》！』と再《ふたた》び恐《おそ》ろしい声《こえ》が呼《よ》ばわった。ついで三度《さんど》——兇猛《きょうもう》な声《こえ》で——

『芳一《ほういち》』

芳一《ほういち》は石《いし》のように静《しず》かにしていた——すると苦情《くじょう》を云《い》うような声《こえ》で——

『返事《へんじ》がない！——これはいかん！……奴《やつ》、どこに居《い》るのか見《み》てやらなければア』……

縁側《えんがわ》に上《あが》る重《お》もくるしい跫音《あしおと》がした。足《あし》はしずしずと近寄《ちかよ》って——芳一《ほういち》の傍《そば》に止《とま》った。それからしばらくの間《あいだ》——その間《かん》、芳一《ほういち》は全身《ぜんしん》が胸《むね》の鼓動《こどう》するにつれて震《ふる》えるのを感《かん》じた——まったく森閑《しんかん》としてしまった。

遂《つい》に自分《じぶん》のすぐ傍《そば》であらあらしい声《こえ》がこう云《い》い出《だ》した——『ここに琵琶《びわ》がある、だが、琵琶師《びわし》と云《い》っては——ただその耳《みみ》が二《ふた》つあるばかりだ！……道理《どうり》で返事《へんじ》をしないはずだ、返事《へんじ》をする口《くち》がないのだ——両耳《りょうみみ》の外《ほか》、琵琶師《びわし》の身体《からだ》は何《なに》も残《のこ》っていない……よし殿様《とのさま》へこの耳《みみ》を持《も》って行《い》こう——出来《でき》る限《かぎ》り殿様《とのさま》の仰《おお》せられた通《とお》りにした証拠《しょうこ》に……』

その瞬時《しゅんじ》に芳一《ほういち》は鉄《てつ》のような指《ゆび》で両耳《りょうみみ》を掴《つか》まれ、引《ひ》きちぎられたのを感《かん》じた！痛《いた》さは非常《ひじょう》であったが、それでも声《こえ》はあげなかった。重《お》もくるしい足踏《あしぶ》みは縁側《えんがわ》を

通《とお》って退《しりぞ》いて行《ゆ》き——庭《にわ》に下《くだ》り——道路《どうろ》の方《ほう》へ通《とお》って行《ゆ》き——消《き》えてしまった。芳一《ほういち》は頭《あたま》の両側《りょうがわ》から濃《こ》い温《ぬる》いものの滴《したた》って来《く》るのを感《かん》じた。が、あえて両手《りょうて》を上《あ》げる事《こと》もしなかった……

日《ひ》の出前《でまえ》に住職《じゅうしょく》は帰《かえ》って来《き》た。急《いそ》いですぐに裏《うら》の縁側《えんがわ》の処《ところ》へ行《い》くと、何《な》んだかねばねばしたものを踏《ふ》みつけて滑《すべ》り、そして慄然《ぞっ》として声《こえ》をあげた——それは提灯《ちょうちん》の光《ひか》りで、そのねばねばしたものの血《ち》であった事《こと》を見《み》たからである。しかし、芳一《ほういち》は入禅《にゅうぜん》の姿勢《しせい》でそこに坐《すわ》っているのを住職《じゅうしょく》は認《みと》めた——傷《きず》からはなお血《ち》をだらだら流《なが》して。

『可哀《かわい》そうに芳一《ほういち》！』と驚《おどろ》いた住職《じゅうしょく》は声《こえ》を立《た》てた——『これはどうした事《こと》か……お前《まえ》、怪我《けが》をしたのか』……

住職《じゅうしょく》の声《こえ》を聞《き》いて盲人《もうじん》は安心《あんしん》した。芳一《ほういち》は急《きゅう》に泣《な》き出《だ》した。そして、涙《なみだ》ながらにその夜《よる》の事件《じけん》を物語《ものがた》った。『可哀《かわい》そうに、可哀《かわい》そうに芳一《ほういち》！』と住職《じゅうしょく》は叫《さけ》んだ——『みな私《わたし》の手《て》落《お》ちだ！——酷《ひど》い私《わたし》の手《て》落《お》ちだ！……お前《まえ》の身体中《からだじゅう》くまなく経文《きょうもん》を書《か》いたに――耳《みみ》だけが残《のこ》っていた！　そこへ経文《きょうもん》を書《か》く事《こと》は納所《なっしょ》に任《まか》したのだ。ところで納所《なっしょ》が相違《そうい》なくそれを書《か》いたか、それを確《たし》かめておかなかったのは、じゅうじゅう私《わたし》が悪《わ》るかった！……いや、どうもそれはもう致《いた》し方《かた》のない事《こと》だ――出来《でき》るだけ早《はや》く、その傷《きず》を治《なお》すより仕方《しかた》がない……芳一《ほういち》、まア喜《よろこ》べ！――危険《きけん》は今《いま》まったく済《す》んだ。もう二度《にど》とあんな来客《らいきゃく》に煩《わずら》わされる事《こと》はない』

13

深切《しんせつ》な医者《いしゃ》の助《たす》けで、芳一《ほういち》の怪我《けが》はほどなく治《なお》った。この不思議《ふしぎ》な事件《じけん》の話《はなし》は諸方《しょほう》に広《ひろ》がり、たちまち芳一《ほういち》は有名《ゆうめい》になった。貴《とうと》い人々《ひとびと》が大勢《おおぜい》赤《あか》間ケ関《まがせき》に行《い》って、芳一《ほういち》の吟誦《ぎんしょう》を聞《き》いた。そして芳一《ほういち》は多《た》額《がく》の金員《きんいん》を贈《おく》り物《もの》に貰《もら》った――それで芳一《ほういち》は金持《かねも》ちになった……しかしこの事件《じけん》のあった時《とき》から、この男《おとこ》は耳無芳一《みみなしほういち》という呼《よ》び名《な》ばかりで知《し》られていた。

中文翻譯

無耳芳一

小泉八雲

這是距今七百多年以前的往事。在下關關門海峽的壇之浦，平家也就是平氏一族和源家也就是源氏一族，兩家經過長年累月的征戰之後，終於在此展開最後的一場會戰。在這場壇之浦戰役中，平氏一族的老幼婦孺，以及當時的幼帝——也就是現今大家記憶中的安德天皇——全都命喪於此。此後七百年來，據說在這片海域和海邊就有平家人的冤魂作祟……我在其他的作品中也曾經向各位讀者提到過，在那片海域棲息著一種很不可思議的螃蟹稱為「平家蟹」，在蟹殼上有酷似人臉的紋路。傳說這些螃蟹有平家武士的亡魂附在上面。聽聞這一帶的海岸發生過許多奇奇怪怪的事。像是在漆黑的夜晚，有成千上萬盞的鬼火在水面上飄盪，或是在海浪中閃爍飛舞——這就是漁夫們

口中所說的「鬼火」或是「魔火」，會發出藍白色的光。而且在狂風大作時，從海面上還會傳來淒厲的喊叫聲，彷彿就像是在打戰時所發出的廝殺吶喊聲一樣。

聽說過去平家人的亡靈作祟比現在還要嚴重許多。它們會在夜晚航行的船隻旁邊突然現身，想要把船弄沉。或是經常在那附近守候，等著前來海邊游泳的人，想把他們拖入海中溺死。

或許是為了希望讓這些亡者能夠得到安息，所以在赤間關建造了一座佛教的寺院——阿彌陀寺，同時也在緊鄰佛寺的海岸旁設置了墓地。並且還為落海的幼帝以及平家的大臣們立了幾個刻有名字的紀念石碑。此外，還會定期舉辦佛教的法會，來超渡這些亡靈。說也奇怪，自從這

座佛寺和墓地建好了之後，平家人的亡靈也就比較少出來作怪。儘管如此，但後來偶爾還是會發生一些怪事。由此可見，平家人的亡魂尚未得到真正的安息。

在數百年前，這個赤間關地區住著一位名叫芳一的盲人。這個男子以精湛的吟唱藝術和彈奏琵琶的技藝而聞名於世。他自幼便拜師學習吟唱和彈奏琵琶的技藝，在少年時期便嶄露頭角，高超的技藝，已經青出於藍而勝於藍，超越師傅了。這個以彈奏琵琶為職業的男子，主要是以彈唱平家和源氏的故事而聞名。

而且據說當他在彈唱壇之浦戰役的故事時，就連天地鬼神也為之動容，淚流不止。

芳一在剛出道時，生活極為貧困，但所幸有朋友——阿彌陀寺住持在身邊熱心相助。因為他喜愛詩歌和音樂，所以便常邀請芳一到寺院來彈奏

和吟唱。住持非常欣賞芳一精湛的技藝，便提議芳一把寺院當成自己的家。芳一對此深為感激，於是接受了這項提議。從此芳一便被安排住在寺院的一間房間，只要晚上沒有要事的話，他就會為住持彈奏琵琶，讓住持開心，當作是接受食宿安排的回報。

那是在某個夏日夜晚所發生的事。因為一位施主家有人過世，所以住持帶著小和尚外出去做法事，獨留芳一在寺內。由於那晚天氣非常悶熱，盲人芳一想要乘涼，便走到寢室前面的走廊上。這道走廊正好可以眺望阿彌陀寺後面的一座小庭院。於是芳一邊等待住持回

來，一邊練習琵琶，藉以撫慰自己的孤寂。但已經過了三更半夜，住持卻還沒有回來。因為空氣還是很悶熱，讓人無法待在屋內放鬆休息，於是芳一便待在外面。不久，他聽見從後門傳來逐漸逼近的腳步聲。有人穿過後院，朝著走廊的方向走過來，一直走到芳一的面前才停下腳步。——但這個人並不是住持。他用渾厚的聲音呼喊著盲人的名字——「芳一」。非常突兀地而且很不禮貌地，就像是武士在叫喚卑賤的小老百姓一樣。

「芳一！」

芳一在驚嚇之餘，一時之間答不出話來。接著，對方竟然換成像是在下達嚴格命令的口氣似地大喊：

「芳一！」

「我是！」芳一被對方恐嚇的聲音嚇到魂不附體，趕緊回答說：「我是盲人，所以我不知道是哪位在叫我。」

這時陌生人才語氣緩和地說：「你用不著害怕。我們就住在寺院附近，我家主人吩咐我來找你有事。我家主人的身分非常尊貴，目前正帶著許多隨從逗留在赤間關。因為主人提到想參觀壇之浦戰場，所以我們一行今天就去參觀了遺跡。另外，還聽說你很擅長彈唱壇之浦戰爭的故事，所以主人想請你過來彈奏一曲。請你帶著琵琶，立刻隨我一同前往居處，我的主人和其他尊貴的客人們正在等著你呢！」

當時，只要是武士下達的命令，一般老百姓是不可以輕易違抗的。於是芳一便穿上草鞋、帶著琵琶，跟隨那位陌生人一起出門。雖然對方很會帶路，但芳一還是得走得很快才跟得上。而且對方拉著他的手就像是鋼鐵一樣。武士行走時發出啪答啪答的腳步聲，表示他全身都穿著盔甲。——想必是某位貴族的護衛吧！——想到這裡，芳一剛剛的驚恐不見了，取而代之的是慶幸自己何等幸運的念頭，因為他想起那位隨從有提到說：「我家主人的身分非常尊貴」。芳一心想，想聽自己彈唱的貴族，肯定是官階最高的諸侯吧！

過了不久，武士停下腳步。芳一察覺到自己應該是到達一個大門的門口。可是芳一覺得很奇怪，因為在他的印象中，自己所

住的這個鎮上附近除了阿彌陀寺的大門之外，應該沒有其他的大門才對啊！只聽護衛喊說：「開門！」這時他聽到門閂被打開的聲音，兩人走了進去。兩人穿過寬廣的庭院，再次在另一個入口前面停了下來。這時武士大聲喊說：「裡面有沒有人在啊？我把芳一給帶來了。」此時傳來急促的腳步聲、拉開紙門的聲音、打開防雨木窗的聲音，以及女人們交談的聲音。芳一從女人們交談的話語中，猜想她們可能是官宦人家的侍女。但自己究竟被帶到什麼地方來，他則是毫無頭緒。而且也沒有多餘的時間讓他思考。他的手被拉著，爬上好幾個石階，一爬上最上面的石階，對方就令他脫掉草鞋。接著侍女帶著他穿過擦得光滑的無盡木地板區，再繞過多得記不清的柱子轉角，經過大得嚇人的榻榻米地板，最後來到一個很大的房間的正中央。芳一心想那裡正聚集著許多達官貴人。他聽見綾羅綢緞的磨擦聲，就像是森林裡的樹葉所發出的聲音一樣。之後還聽到很多人竊竊私語的聲音。他們正在低聲交談著，而且用的還是宮中用語。

對方告知芳一請他放輕鬆，坐墊已經為他準備好。於是他便端坐在坐墊上，調整琵琶的弦音，這時一名老侍女——芳一研判她應該是負責管理侍女事務的侍女總管——告訴芳一說：「現在就請您配合琵琶的曲調，為我們彈唱平家物語的故事吧！」

但是要把平家物語全部說完得花好幾個晚上，於是芳一便主動詢問對方說：「可能無法把整個故事從頭到尾說完，請問你們大人有下令交代想聆聽哪一段嗎？」

女人回答說：「那就請您彈唱壇之浦會戰的故事吧！因為那一段的情節是最哀傷，最感人至深的。」

於是芳一拉開嗓門，演唱激烈的海戰之歌。他用琵琶發出划槳的聲音、船隻行進的聲音、弓箭「咻！」地飛射出去的聲音、人群的廝殺吶喊聲、踏步聲、刀刃碰撞盔甲的宏亮聲響、被箭射中掉入海中的聲音等等，令人驚嘆連連。在彈奏的過程中，芳一隱約聽見從自己身旁左右傳來竊竊私語的讚賞聲。「這位琵琶彈唱大師的琴藝是多麼的高超啊！」「在自己的家鄉從未聽過如此動人的琵琶琴聲！」「舉國上下沒有人像芳一唱得這麼好！」這番讚美，讓芳一勇氣倍增，更加投入，彈唱得越來越精彩。因為太震驚了，所以全場幾乎是鴉雀無聲。不過，最後當說到最悲慘的劇終情節時，也就是美人和老弱婦孺準備迎接最悲慘的下場——二位女尼抱著幼帝即將跳海身亡的那一幕——全場的聽眾莫不發出驚恐、戰慄痛苦的悲鳴，久久無法平息，之後更是嚎啕痛楚地哭成一團。芳一大感吃驚，沒想到自己的琴聲竟能引發如此強烈的悲傷情緒。聽眾傷心嗚咽的啜泣聲持續了好一會兒。不過，當痛哭聲逐漸消失之後，接踵而來的是鴉雀無聲般地肅靜氛圍。這時，芳一聽見一位女人的聲音——他心想應該是那位老侍女——對他如此說道：

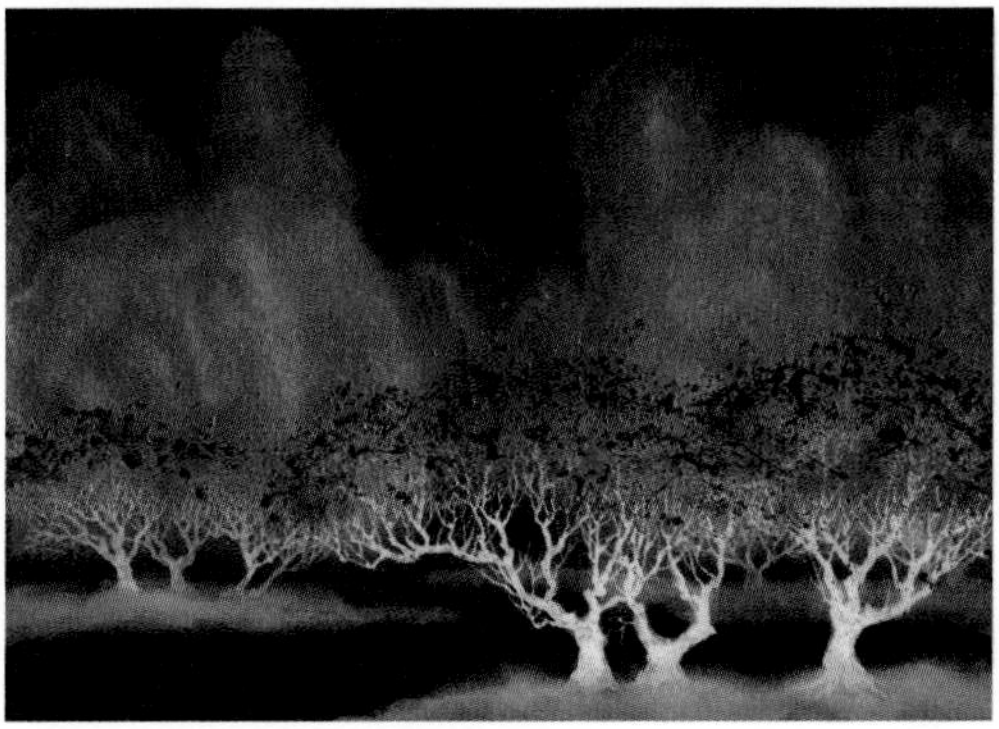

「我們久聞你是琵琶彈唱名人，彈唱技藝

無人能及。但今晚聽到你的彈唱，才知道你是一位如此有才華的人。我們大人很欣賞你，所以要向你表達隆重的謝意。不過，我們大人希望你從今天起連續六天，每晚都能來此為他彈唱。之後我們大人即將踏上歸途。因此，請你在明天晚上同一時間來到這裡。我們會請今晚帶你來的那位隨從去接你。……不過，我們大人還要我轉告你一件事。那就是我們大人在赤間關逗留的事，希望你不要告訴任何人。因為我們大人是微服出巡，所以希望你不要對外張揚。……現在你可以自行返回寺院了。」

芳一向對方充分表達謝意後，女人便牽著他的手走到入口處，再由先前帶他前來的那位隨從，帶他返回居所。隨從把芳一帶到寺院後門的迴廊附近，就跟他告別了。

雖然芳一回來時天都快亮了，但是都沒人發現他整晚不在寺內。——因為住持很晚才回來，他還以為芳一已經睡著了。芳一利用白天的時間稍作休息，但是關於昨晚發生的那件不可思議的事情，他卻隻字未提。到了隔天的半夜，那位隨從又來迎接芳一，前往高官雲集的場所。在那裡芳一又再度彈唱謠曲，這次同樣獲得了滿堂的喝采。不過，芳一第二次出去演奏不在寺內的事，在偶然的情況下，意外地被人給發現了。因此當他隔天早上回來時，就被傳喚到住持面前。住持用委婉卻帶有責備的口氣對他說：

「芳一，我們大家都很擔心你。你眼睛看不見，自己一個人深夜跑出去很危險。你怎麼不事先告訴我你要去哪裡呢？這樣我也可以派下人陪你一起去啊！你到底是跑到什麼地方啊？」

芳一支吾其詞地回答住持說：「師父，請原諒我！因為我有一些私人的事情，非得在那個時間處理才行，所以……。」

芳一三緘其口的態度，與其說讓住持擔心，倒不如說更讓他感到震驚才對。因為他覺得事有蹊蹺，芳一可能是遇到了什麼不好的事。住持擔心這位盲人少年該不會是被妖魔附身，要不然就是被人所騙了吧！但他並沒有再追問下去，而是私下吩咐寺院的下人們注意芳一的行為，如果他半夜又再跑出去的話，就偷偷地跟在他後面。

結果，隨即就在當天晚上，下人們看見芳一溜出寺院，於是便立刻點著燈籠，跟在他的後面。但由於當天晚上下雨，天色非常地昏暗，寺院的下人們都還沒有走到路上，芳一便已經不見人影了。可見芳一的確走得很快，但令人感到匪夷所思的是——他是一位盲人，竟然可以走得這麼快。之所以會有這種疑問，主要是因為當天的路況很差。下人們急忙跑到鎮上，去向平常芳一會去的人家裡打聽，結果都沒有人知道芳一的行蹤。最後就在下人們要從海邊的路上返回寺院時，聽到從阿彌陀寺的墓地傳來有人賣力彈奏琵琶的聲音，大家都嚇了一大跳。因為那個地方除了二、三盞鬼火——平日在暗夜裡常會見到鬼火閃爍——之外，通常總是漆黑一片。於是下人們急忙趕到

墓地，在燈籠的照明下，大家在那裡找到了芳一。在雨中，只見芳一獨自一個人坐在安德天皇的紀念碑前面，彈著琵琶、大聲吟唱著壇之浦會戰的故事。而且就在他的背後和四周的墓碑上，四處燃燒著像燭火般的鬼火。至今人們從未見過數量如此驚人的鬼火。……

「芳一！芳一！」下人們出聲叫他：「你該不會是被甚麼東西給迷住了吧！……芳一！」

不過，盲人好像沒有聽見他們的聲音。只見芳一使出渾身解數賣力地彈奏著琵琶，發出鏗鏗錚錚的聲音，更加起勁地彈唱壇之浦會戰的曲子。於是下人們便抓著他，嘴靠在他耳邊喊著：「芳一！芳一！立刻跟我們一起回去！」

芳一以斥責的口氣對著下人們說：「在這些尊貴大人們的面前，可不容許你們這樣打擾我！」

聽他這麼一說，儘管現場的氣氛令人感到毛骨悚然，但下人們還是忍不住笑了出來。

看來芳一肯定是中邪了。於是一行人便抓住芳一，使盡全力地把他的身體給抬起來，急急忙忙地帶回寺院。然後在住持的吩咐下，芳一脫掉淋濕的衣服，之後住持再讓下人幫芳一換上新的衣服，同時還準備食物和飲料拿給他。之後住持還逼迫芳一，一定要向他說明為何會做　如此驚人的舉動。

芳一猶豫了很久，該不該把那件事說出來。

但是，當他知道自己的行為驚嚇了和藹可親的住持，並且惹他生氣時，芳一終於下定決心要打破沉默，毫不隱瞞地全盤托出從一開始武士來找他的經過，到後來所發生的事情。

住持聽完之後，開口說道：「可憐的芳一，你現在是大禍臨頭了啊！你沒有早點對我全盤托出這件事，真是太不幸了！沒想到你精湛的音樂造詣，竟然讓你捲不可思議的險境。你絕非是前往人家的宅邸探訪，而是在平家墓園的墓地過了夜，所以今後你一定得更小心才行。今晚下人們就是發現你竟然一個人在坐在雨中，就在安德天皇的紀念墓碑前！你腦海中所想像的畫面，全部都是幻覺。除了死人來找你這件事是真的以外。而且一旦聽從死靈的吩咐之後，你就得完全任由他們擺佈了。更何況你已經告訴我實情，你恐怕會被那些人開腸剖肚，卸成八大塊吧！他們遲早會把你殺了……。可是今天晚上我無法待在你身邊，因為我還有一個法事要舉辦。為了保護你，在我出門之前，必須在你身上寫滿經文才行。」

於是在日落天黑之前，住持和雜務僧幫忙芳一脫光身上的衣服，兩人用筆在他的胸部、背部、頭部、臉上、頸部、手腳……，不僅是全身各處，甚至連腳底也都寫上般若心經的經文。寫完之後，住持吩咐芳一說：「今晚，等我們一出門之後，你就立刻坐在走廊上等候。時候一到，應該就有人會過來接你。但是，你千萬不能出聲，也不能亂動。你就安安靜靜地坐著，就像打坐進入禪定一樣。如果你亂動或發出一點聲音的話，你可能就會沒命了。你不要害怕，也不要想出聲求救——因為就算呼救也無法獲救的。你只要按照我所說的去做，就可以渡過危險，也用不著再害怕了。」

太陽下山之後，等住持和雜務僧一出門，芳一便按照住持的吩咐，坐在通道的走廊上，同時把琵

琶放在身旁，採取打坐的姿勢，並保持安靜。他盡可能注意不要發出咳嗽聲，也不敢喘氣怕被人聽見，就這樣靜靜地等了好幾個鐘頭。

這時他聽見從走道那邊傳來了腳步聲。腳步聲經過了大門、穿過了庭院，一直朝著走廊這邊走過來，然後就停在芳一的正前方。

「芳一！」對方用渾厚的嗓聲喊道。不過，盲人屏氣凝神，動也不動地坐在那裡。「芳一！」對方再次用可怕的聲音喊叫著。緊接著，第三次又用兇惡的聲音喊著：「芳一！」

但芳一卻不動如山，安安靜靜地打坐著。如此一來，聽到對方用像是在發牢騷的聲音說：「竟然沒有人回答！這樣不行！……那傢伙到底人在哪裡？我一定得找到他才行！」……

走廊上傳來沉重的腳步聲。腳步慢慢地接近，就在芳一的身旁停了下來。之後經過好一會兒——在這段時間，芳一感覺心跳加速、全身發抖，四周幾乎是萬籟俱寂。

終於就在緊鄰他身旁的地方傳來粗暴的聲音，如此說道：「琵琶在這裡，但說到琵琶師的人呢？卻只有看見這兩隻耳朵而已！……難怪我一直喊叫他老是不回應，沒有嘴巴怎麼回答呢！看樣子，琵琶琴師全身就只剩下兩隻耳朵而已……那好吧！我就把這兩隻耳朵當作證據，帶回去向大人覆命，證明我所言不假……。」

就在那一瞬間，芳一感覺自己的兩隻耳朵被鋼鐵般的手給抓住，而且還被硬扯下來！雖然很痛，但他還是忍住沒有發出聲音。沉重的腳步聲慢慢地離開走廊—走下庭院，朝著道路的方向走出去——最後終於消失不見了。芳一感覺自己的頭的兩側好像有黏稠溫熱的東西滴下來，但是他卻連雙手都不敢抬起來……。

住持在天亮之前返回寺院。隨即衝到後門的走廊上，但感覺腳底下踩到了什麼黏黏的東西而滑倒，接著便發出慘叫聲。在燈籠的照明下，才發現那黏稠狀的東西原來是一攤鮮血。不過，住持看見芳一仍然保持打坐的姿勢坐在那裡，而鮮血就從他的傷口不斷地湧出來。

「可憐的芳一！」飽受驚嚇的住持喊著：「這到底是怎麼回事啊？……你受傷了嗎？」

聽到住持的聲音，芳一這才放心。他突然嚎啕哭了出來。而且還邊哭邊告訴住持當天晚上發生的事情。「可憐啊！可憐的芳一！」住持大叫說：「這都是我的錯。我犯了一個很嚴重的錯誤！我雖然在你的全身上下寫滿了經文，但卻惟獨漏掉了耳朵的部分。那部分我請雜務僧寫，而我也沒有事先確認他是否確實寫了，都是我不好！但現在再說這些也無濟於事了。還是盡快設法醫好你的傷要緊。芳一，聽我說，你應該開心一點！至少你現在已經安全了。那些人不會再來找你的麻煩了」。

經過醫生細心的治療之後，芳一的傷很快痊癒了。而這件不可思議的事也在各地流傳開來，讓芳一瞬間成了聲名遠播的名人。有許多的王公貴族都來到赤間關，聽芳一彈唱。芳一得到許多金銀財寶的賞賜，因而成了有錢人。……不過，自從發生那件事之後，大家只知道這個男子的暱稱是「無耳芳一」，反而不知道他的本名了呢！

導讀　雪女

靜岡英和學院大學准教授．蔡佩青

雪女，是一篇極為簡短明快的故事。文中沒有太多的修辭，簡潔的短文只為了說明故事的發展，並盡可能地省略人物之間的對話。乍看之下，甚至欠缺了所謂文學作品該有的豐富想像力。但事實上，這樣的寫法才是民間傳說故事的王道。日本的冬天，下過一場大雪後，這些雪一直要積到初春才會融化。漫長又冰冷的嚴冬，唯一的樂趣就是全家圍繞在火爐邊聽長輩們說故事。這些故事不需要太多的鋪陳，只需清楚描述故事架構與人物特徵，而把所有的想像留給聽故事的人。

雪女出場時的畫面，描寫得很簡單。巳之吉睜開眼首先看到被打開的門，之後發現一位全身雪白的女子，屈彎在同行的老人茂作身上，對老人吐著白煙般的氣息；一眨眼，女子卻出現在自己眼前。短短五、六個句子，引導聽者（讀者）的視線從遠處慢慢拉近到身邊，之後跟主角的反應一樣猛然一驚不由得地將身子往後傾了一下，彷彿雪女就近在眼前。「如果你洩漏了有關我的事，我會殺了你。」美麗女子帶著微笑的輕聲細語，是整個故事最緊張的高潮，也為兩人之後的重逢埋下伏筆，同時也刻意點出了讀者所期待的故事重點——美麗與邪惡只在表裡之間。

故事繼續進行，巳之吉恢復平常的柴夫生活，認識了一位長得像當時雪中女子般的女孩，結為夫妻並養育十個小孩。讀到這裡，相信沒有人會認為故事就即將結束在溫馨美滿的家庭氣氛中，讀者們忍不住急著要知道巳之吉的美麗妻子如何變身成可怕的妖怪，吃掉主角，最好再殘酷地殺掉自己的子女。因為這幾乎是所有妖魔鬼怪故事該有的結局；某些讀者可能還默默地期待會出現一位擊退妖怪的勇者。可是小泉八雲可不喜歡老掉牙的橋段，他讓巳之吉面對深愛的妻子，不得不違背與雪中女子的約定，而眼前妻子偏偏就是那位雪中女子。當巳之吉決定說出自己所經歷的一切時，他或許已經確定妻子便是雪中女子了吧！整個故事中，一直只以「白色女子（the woman in white, the white woman）」來形容雪中女子，直到巳之吉的告白，才讓讀者們（或許也同時讓巳之吉，甚至作者本身）確認了「雪女（the woman of the snow）」的存在。

在《怪談》的序文中，小泉八雲清楚地記錄了雪女傳說的由來。他說：「這是一位住在武藏國西多摩郡調布村的百姓告訴我的當地傳說……。」然而這並非他第一次聽到雪女的故事，序文中他接著提到：「這故事中所想表達的不可思議的信仰，必定以各種奇怪的型態存在於日本各地吧！」他所說的信仰，就是日本各地傳說中的「神」。而在故事中則轉換成結局所描述的場景，雪女恐嚇般地要求巳之吉好好對待小孩，然後化為一陣風、一抹晚霞，消失在空中。因為小泉八雲心中的雪女，並非邪惡的妖魔，而是雪之精靈。

他曾經畫了兩張雪女圖，收錄於長子小泉一雄所編的《小泉八雲秘稿畫本：妖魔詩話》❶中。圖中的雪女一點也不可怕，盤起長髮，身上的和服些微鬆垮，微微低著頭，露出像思念著甚麼似的表情……。

註

❶《小泉八雲秘稿畫本：妖魔詩話》一九三四年。小泉八雲的手稿複製書。小泉八雲摘錄了《狂歌百物語》中四十八首狂歌，翻譯為英文。複製手稿中並加註了其長子小泉一雄的日文解說。封面書皮用的是小泉八雲實際使用過的棉被套布料加工製作而成。

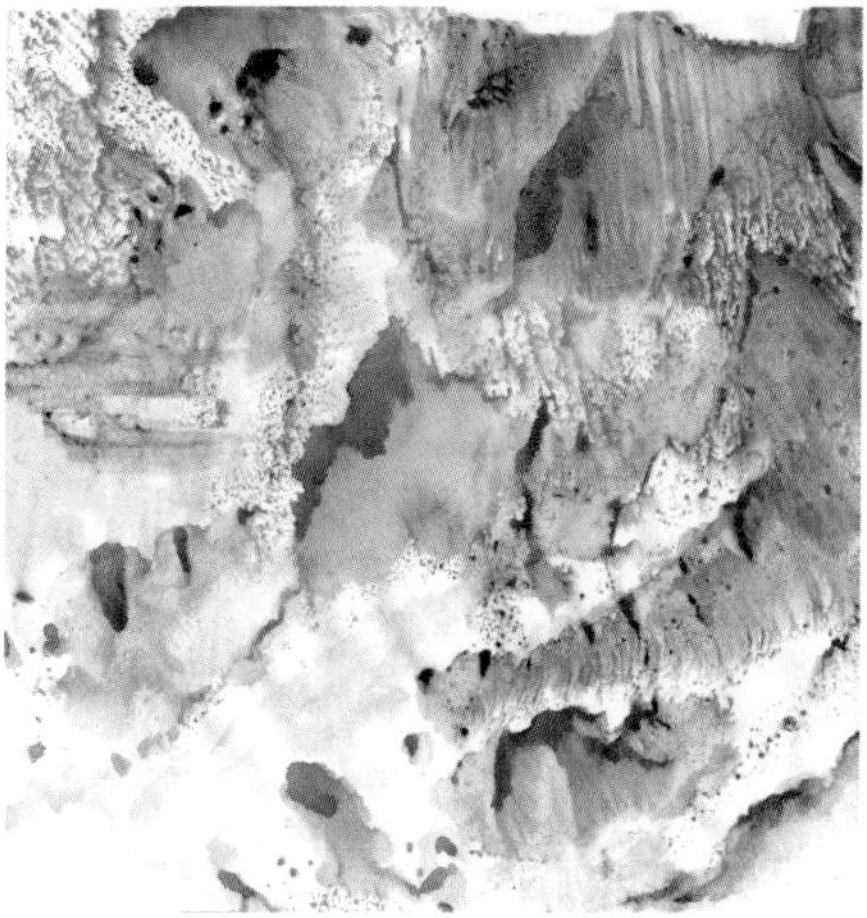

原文鑑賞

雪女《ゆきおんな》

小泉八雲《こいずみやくも》（田部隆次訳）

14

武蔵《むさし》の国《くに》のある村《むら》に茂作《もさく》、巳之吉《みのきち》という二人《ふたり》の木《き》こりがいた。この話《はなし》のあった時分《じぶん》には、茂作《もさく》は老人《ろうじん》であった。そして、彼《かれ》の年季奉公人《ねんきほうこうにん》であった巳之吉《みのきち》は、十八《じゅうはち》の少年《しょうねん》であった。毎日《まいにち》、彼等《かれら》は村《むら》から約二里《やくにり》離《はな》れた森《もり》へ一緒《いっしょ》に出《で》かけた。その森《もり》へ行《い》く道《みち》に、越《こ》さねばならない大《おお》きな河《かわ》がある。そして、渡《わた》し船《ぶね》がある。渡《わた》しのある処《ところ》

にたびたび、橋《はし》が架《か》けられたが、その橋《はし》は洪水《こうずい》のあるたびごとに流《なが》された。河《かわ》の溢《あふ》れる時《とき》には、普《ふ》通《つう》の橋《はし》では、その急流《きゅうりゅう》を防《ふせ》ぐ事《こと》はできない。

茂作《もさく》と巳之吉《みのきち》はある大層寒《たいそうさむ》い晩《ばん》、帰《かえ》り途《みち》で大吹《おおふ》雪《ぶき》に遇《あ》った。渡《わた》し場《ば》に着《つ》いた、渡《わた》し守《もり》は船《ふね》を河《かわ》の向《むこ》う側《がわ》に残《のこ》したままで、帰《かえ》ったことが分《わか》った。泳《およ》がれるような日《ひ》ではなかった。それで木《き》こりは渡《わた》し守《もり》の小屋《こや》に避難《ひなん》した——避難処《ひなんじょ》の見《み》つかった事《こと》を僥倖《ぎょうこう》に思《おも》いながら。小屋《こや》には火鉢《ひばち》はなかった。火《ひ》をたくべき場処《ばしょ》もなかった。窓《まど》のない一方口《いっぽうぐち》の、二畳敷《にじょうじき》の小屋《こや》であった。茂作《もさく》と巳之吉《みのきち》は戸《と》をしめて、蓑《みの》をきて、休息《きゅうそく》するために横《よこ》になった。初《はじ》めのうちはさほど寒《さむ》いとも感《かん》じなかった。そして、嵐《あらし》はじきに止《や》むと思《おも》った。

老人《ろうじん》はじきに眠《ねむ》りについた。しかし、少年巳之吉《しょうねんみのきち》は長《なが》い間《あいだ》、目《め》をさましていて、

恐《おそ》ろしい風《かぜ》や戸《と》にあたる雪《ゆき》のたえない音《おと》を聴《き》いていた。河《かわ》はゴウゴウと鳴《な》っていた。小屋《こや》は海上《かいじょう》の和船《わせん》のようにゆれて、ミシミシ音《おと》がした。恐《おそ》ろしい大吹雪《おおふぶき》であった。空気《くうき》は一刻一刻《いっこくいっこく》、寒《さむ》くなって来《き》た、そして、巳之吉《みのきち》は蓑《みの》の下《した》でふるえていた。しかし、とうとう寒《さむ》さにも拘《こだわ》らず、彼《かれ》もまた寝込《ねこ》んだ。

15

彼《かれ》は顔《かお》に夕立《ゆうだち》のように雪《ゆき》がかかるので眼《め》がさめた。小屋《こや》の戸《と》は無理押《むりお》しに開《ひら》かれていた。そして雪明《ゆきあ》かりで、部屋《へや》のうちに女《おんな》、――全《まった》く白装束《しろしょうぞく》の女《おんな》、――を見《み》た。その女《おんな》は茂作《もさく》の上《うえ》に屈《かが》んで、彼《かれ》に彼女《かのじょ》の息《いき》をふきかけていた、――そして彼女《かのじょ》の息《いき》はあかるい白《しろ》い煙《けむり》のようであった。ほとんど同時《どうじ》に巳之吉《みのきち》の方《ほう》へ振《ふ》り向《む》いて、彼《かれ》

の上《うえ》に屈《かが》んだ。彼《かれ》は叫《さけ》ぼうとしたが何《なん》の音《おと》も発《はっ》する事《こと》ができなかった。白衣《しろきぬ》の女《おんな》は、彼《かれ》の上《うえ》に段々《だんだん》低《ひく》く屈《かが》んで、しまいに彼女《かのじょ》の顔《かお》はほとんど彼《かれ》にふれるようになった、そして彼《かれ》は——彼女《かのじょ》の眼《め》は恐《おそ》ろしかったが——彼女《かのじょ》が大層《たいそう》綺麗《きれい》である事《こと》を見《み》た。しばらく彼女《かのじょ》は彼《かれ》を見続《みつづ》けていた、——それから彼女《かのじょ》は微笑《びしょう》した、そしてささやいた、——『私《わたし》は今《いま》ひとりの人《ひと》のように、あなたをしようかと思《おも》った。しかし、あなたを気《き》の毒《どく》だと思《おも》わずにはいられない、——あなたは若《わか》いのだから。……あなたは美少年《びしょうねん》ね、巳之吉《みのきち》さん、もう私《わたし》はあなたを害《がい》しはしません。しかし、もしあなたが今夜《こんや》見《み》た事《こと》を誰《だれ》かに——あなたの母《かあ》さんにでも——言《い》ったら、私《わたし》に分《わか》ります、そして私《わたし》、あなたを殺《ころ》します。……覚《おぼ》えていらっしゃい、私《わたし》の言《い》う事《こと》を』

16

そう言《い》って、向《む》き直《なお》って、彼女《かのじょ》は戸口《とぐち》から出《で》て行《い》った。その時《とき》、彼《かれ》は自分《じぶん》の動《うご》ける事《こと》を知《し》って、飛《と》び起《お》きて、外《そと》を見《み》た。しかし、女《おんな》はどこにも見《み》えなかった。そして、雪《ゆき》は小屋《こや》の中《なか》へ烈《はげ》しく吹《ふ》きつけていた。巳之吉《みのきち》は戸《と》をしめて、それに木《き》の棒《ぼう》をいくつか立《た》てかけてそれを支《ささ》えた。彼《かれ》は風《かぜ》が戸《と》を吹《ふ》きとばしたのかと思《おも》ってみた、——彼《かれ》はただ夢《ゆめ》を見《み》ていたかもしれないと思《おも》った。それで入口《いりぐち》の雪《ゆき》あかりの閃《ひらめ》きを、白《しろ》い女《おんな》の形《かたち》と思《おも》い違《ちが》いしたのかもしれないと思《おも》った。しかもそれもたしかではなかった。彼《かれ》は茂作《もさく》を呼《よ》んでみた。そして、老人《ろうじん》が返事《へんじ》をしなかったので驚《おどろ》いた。彼《かれ》は暗《くら》がりへ手《て》をやって茂作《もさく》の顔《かお》にさわってみた。そして、それが氷《こおり》である事《こと》が分《わか》った。茂作《もさく》は固《かた》くなって死《し》んでいた。……

あけ方《がた》になって吹雪《ふぶき》は止《や》んだ。そして日《ひ》の出《で》の後少《あとすこ》ししてから、渡《わた》し守《もり》がその小屋《こや》に戻《もど》って来《き》た時《とき》、茂作《もさく》の凍《こご》えた死体《したい》の側《そば》に、巳之吉《みのきち》が知覚《ちかく》を

失《うしな》って倒《たお》れているのを発見《はっけん》した。巳之吉《みのきち》は直《ただ》ちに介抱《かいほう》された、そして、すぐに正気《しょうき》に帰《かえ》った、しかし、彼《かれ》はその恐《おそ》ろしい夜《よる》の寒《さむ》さの結果《けっか》、長《なが》い間病《あいだや》んでいた。彼《かれ》はまた老人《ろうじん》の死《し》によってひどく驚《おどろ》かされた。しかし、彼《かれ》は白衣《しろきぬ》の女《おんな》の現《あらわ》れた事《こと》については何《なに》も言《い》わなかった。再《ふたた》び、達者《たっしゃ》になるとすぐに、彼《かれ》の職業《しょくぎょう》に帰《かえ》った、――毎朝《まいあさ》、独《ひと》りで森《もり》へ行《い》き、夕方《ゆうがた》、木《き》の束《たば》をもって帰《かえ》った。彼《かれ》の母《はは》は彼《かれ》を助《たす》けてそれを売《う》った。

17

翌年《よくとし》の冬《ふゆ》のある晩《ばん》、家《いえ》に帰《かえ》る途中《とちゅう》、偶然《ぐうぜん》同《おな》じ途《みち》を旅《たび》している一人《ひとり》の若《わか》い女《おんな》に追《お》いついた。彼女《かのじょ》は背《せ》の高《たか》い、ほっそりした少女《しょうじょ》で、大層綺麗《たいそうきれい》であった。そして巳之吉《みのきち》の挨拶《あいさつ》に答《こた》えた彼女《かのじょ》の声《こえ》は歌《うた》う鳥《とり》の声《こえ》のように、彼《かれ》の耳《みみ》に愉快《ゆかい》であった。それから、彼《かれ》は彼女《かのじょ》と並《なら》んで歩《ある》いた、そして話《はなし》をし出《だ》した。少女《しょうじょ》は名《な》

は「お雪《ゆき》」であると言《い》った。それからこの頃《ごろ》両親共《りょうしんとも》なくなった事《こと》、それから江戸《えど》へ行《い》くつもりである事《こと》、そこに何軒《なんげん》か貧《まず》しい親類《しんるい》のある事《こと》、その人達《ひとたち》は女中《じょちゅう》としての地位《ちい》を見《み》つけてくれるだろうという事《こと》など。巳之吉《みのきち》はすぐにこの知《し》らない少女《しょうじょ》になつかしさを感《かん》じて来《き》た、そして見《み》れば見《み》るほど彼女《かのじょ》が一層綺麗《いっそうきれい》に見《み》えた。彼《かれ》は彼女《かのじょ》に約束《やくそく》の夫《おっと》があるかと聞《き》いた、彼女《かのじょ》は笑《わら》いながら何《なん》の約束《やくそく》もないと答《こた》えた。

それから、今度《こんど》は、彼女《かのじょ》の方《ほう》で巳之吉《みのきち》は結婚《けっこん》しているか、あるいは約束《やくそく》があるかと尋《たず》ねた、彼《かれ》は彼女《かのじょ》に、養《やしな》うべき母《はは》が一人《ひとり》あるが、お嫁《よめ》の問題《もんだい》は、まだ自分《じぶん》が若《わか》いから、考《かんが》えに上《あが》った事《こと》はないと答《こた》えた。……こんな打明《うちあ》け話《ばなし》のあとで、彼等《かれら》は長《なが》い間《あいだ》ものを言《い》わないで歩《ある》いた、しかし諺《ことわざ》にある通《とお》り『気《き》があれば眼《め》も口《くち》ほどにものを言《い》い』であった。村《むら》に着《つ》く頃《ころ》までに、彼等《かれら》はお互《たがい》に大層気《たいそうき》に入《い》っていた。そして、

その時《とき》巳之吉《みのきち》はしばらく自分《じぶん》の家《いえ》で休《やす》むようにとお雪《ゆき》に言《い》った。彼女《かのじょ》はしばらくはにかんでためらっていたが、彼《かれ》と共《とも》にそこへ行《い》った。そして彼《かれ》の母《はは》は彼女《かのじょ》を歓《かん》迎《げい》して、彼女《かのじょ》のために暖《あたた》かい食事《しょくじ》を用意《ようい》した。お雪《ゆき》の立居振舞《たちいふるまい》は、そんなによかったので、巳之吉《みのきち》の母《はは》は急《きゅう》に好《す》きになって、彼女《かのじょ》に江戸《えど》への旅《たび》を延《の》ばすように勧《すす》めた。そして自然《しぜん》の成行《なりゆ》きとして、お雪《ゆき》は江戸《えど》へは遂《つい》に行《い》かなかった。彼女《かのじょ》は「お嫁《よめ》」としてその家《いえ》にとどまった。

18 お雪《ゆき》は大層《たいそう》よい嫁《よめ》である事《こと》が分《わか》った。巳之吉《みのきち》の母《はは》が死《し》ぬようになった時《とき》――五年《ごねん》ばかりの後《あと》――彼女《かのじょ》の最後《さいご》の言葉《ことば》は、彼女《かのじょ》の嫁《よめ》に対《たい》する愛《あい》情《じょう》と賞賛《しょうさん》の言葉《ことば》であった、――そしてお雪《ゆき》は巳之吉《みのきち》に男女十人《だんじょじゅうにん》の子供《こども》を生《う》んだ、――皆綺麗《みなきれい》な子供《こども》で色《いろ》が非常《ひじょう》に白《しろ》かった。

田舎《いなか》の人々《ひとびと》はお雪《ゆき》を、生《うま》れつき自分等《じぶんら》と違《ちが》った不思議《ふしぎ》な人《ひと》と考《かんが》えた。大概《たいがい》の農夫《のうふ》の女《おんな》は早《はや》く年《とし》を取《と》る、しかしお雪《ゆき》は十人《じゅうにん》の子供《こども》の母《はは》となったあとでも、始《はじ》めて村《むら》へ来《き》た日《ひ》と同《おな》じように若《わか》くて、みずみずしく見《み》えた。

ある晩《ばん》子供等《こどもら》が寝《ね》たあとで、お雪《ゆき》は行燈《あんどん》の光《ひかり》で針仕事《はりしごと》をしていた。そして巳之吉《みのきち》は彼女《かのじょ》を見《み》つめながら言《い》った、——

『お前《まえ》がそうして顔《かお》にあかりを受《う》けて、針仕事《はりしごと》をしているのを見《み》ると、わしが十八《じゅうはち》の少年《しょうねん》の時《とき》遇《あ》った不思議《ふしぎ》な事《こと》が思《おも》い出《だ》される。わしはその時《とき》、今《いま》のお前《まえ》のように綺《き》麗《れい》なそして色白《いろじろ》な人《ひと》を見《み》た。全《まった》く、その女《おんな》はお前《まえ》にそっくりだったよ』……

仕事《しごと》から眼《め》を上《あ》げないで、お雪《ゆき》は答《こた》えた、——

『その人《ひと》の話《はなし》をしてちょうだい。……どこであいになったの』

そこで巳之吉《みのきち》は渡《わた》し守《もり》の小屋《こや》で過《す》ごした恐《おそ》ろしい夜《よる》の事《こと》を彼女《かのじょ》に話《はな》した、——そして、にこにこしてささやきながら、自分《じぶん》の上《うえ》に屈《かが》んだ白《しろ》い女《おんな》の事《こと》、——それから、茂作老人《もさくろうじん》の物《もの》も言《い》わずに死《し》んだ事《こと》。そして彼《かれ》は言《い》った、——

『眠《ねむ》っている時《とき》にでも起《お》きている時《とき》にでも、お前《まえ》のように綺麗《きれい》な人《ひと》を見《み》たのはその時《とき》だけだ。もちろんそれは人間《にんげん》じゃなかった。そしてわしはその女《おんな》が恐《おそ》ろしかった、——大変恐《たいへんおそ》ろしかった、——がその女《おんな》は大変白《たいへんしろ》かった。……実際《じっさい》わしが見《み》たのは夢《ゆめ》であったかそれとも雪女《ゆきおんな》であったか、分《わか》らないでいる』……

19

お雪《ゆき》は縫物《ぬいもの》を投《な》げ捨《す》てて立《た》ち上《あが》って巳之吉《みのきち》の坐《すわ》ってい

る処《ところ》で、彼《かれ》の上《うえ》に屈《かが》んで、彼《かれ》の顔《かお》に向《むか》って叫《さけ》んだ、——

『それは私《わたし》、私《わたし》、私《わたし》でした。……それはお雪《ゆき》でした。そしてその時《とき》あなたが、その事《こと》を一言《ひとこと》でも言《い》ったら、私《わたし》はあなたを殺《ころ》すと言《い》いました。……そこに眠《ねむ》っている子供等《こどもら》がいなかったら、今《いま》すぐあなたを殺《ころ》すのでした。でも今《いま》あなたは子供等《こどもら》を大事《だいじ》に大事《だいじ》になさる方《ほう》がいい、もし子供等《こどもら》があなたに不平《ふへい》を言《い》うべき理由《りゆう》でもあったら、私《わたし》はそれ相当《そうとう》にあなたを扱《あつか》うつもりだから』……

彼女《かのじょ》が叫《さけ》んでいる最中《さいちゅう》、彼女《かのじょ》の声《こえ》は細《ほそ》くなって行《い》った、風《かぜ》の叫《さけ》びのように、——それから彼女《かのじょ》は輝《かがや》いた白《しろ》い霞《かすみ》となって屋根《やね》の棟木《むなぎ》の方《ほう》へ上《のぼ》って、それから煙出《けむだ》しの穴《あな》を通《とお》ってふるえながら出《で》て行《い》った。……もう再《ふたた》び彼女《かのじょ》は見《み》られなかった。

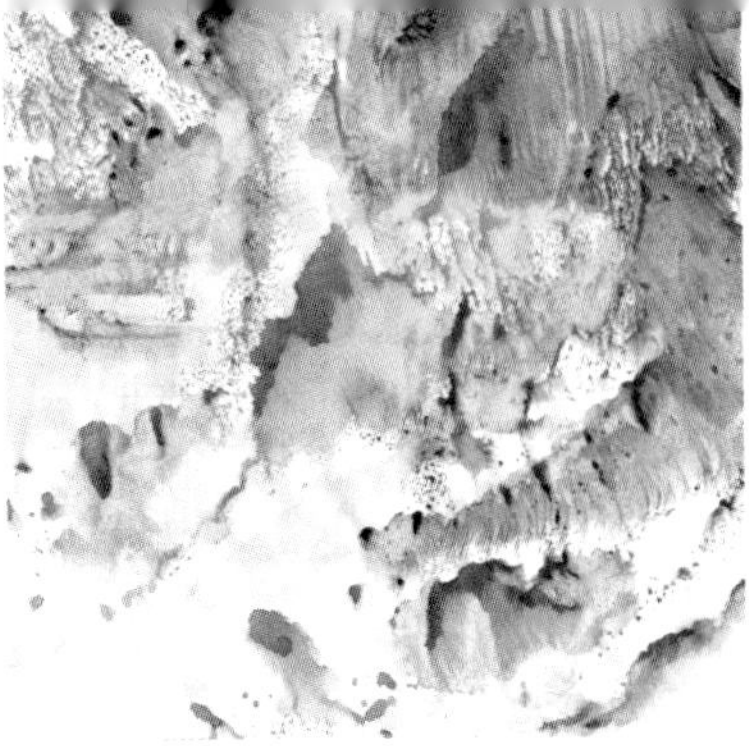

中文翻譯

雪女

小泉八雲

在武藏地區的某個村落裡，住著兩位名叫茂作和巳之吉的樵夫。故事發生當時，茂作是一位上了年紀的老人家，而他雇請的工人——巳之吉則是一位十八歲的少年。他們兩人每天都要從村子出發，前往兩里（在日本一里大約是三・九三公里）外的森林去砍柴。在前往森林的路上，得經過一條非常寬廣的河流，而河邊有渡船可以通往對岸。雖然在渡船口的某處經常會架設便橋，但每次只要一有洪水發生，便橋就會被洪水沖走。尤其在河水氾濫的時期，一般的橋梁根本無法擋住急流的衝擊。

在某個極度酷寒的夜晚，茂作和巳之吉兩人在回程途中遇到了暴風雪。當他們抵達渡船頭時，看到船伕已經把船停靠在河的對岸，知道船伕已經回家了。而當天的天氣也無法自行游泳渡河。因此，兩人決定暫時進入船伕的小屋避

難。——兩人都很慶幸自己有找到可以暫時避難的地方。小屋內沒有火盆，也沒有可以生火取暖的地方。屋內只有兩個榻榻米大，而且沒有窗戶，只有一個出入口。茂作和巳之吉兩人把門關上，穿上蓑衣，躺下來準備休息。兩人起初也不覺得那麼冷，而且心想暴風雪應該過不了不久就會停止。

老人很快就入睡了。不過，年輕的巳之吉卻因為聽到可怕的風聲以及大雪不斷拍打著窗戶的聲音，所以久久無法入眠。河水發出轟隆隆的聲響，而小屋就像是漂流在海上的扁舟一樣，四處發出咯咯作響的聲音。在可怕的暴風雪之中，空氣變得越來越寒冷，巳之吉裹在蓑衣底下的身軀不停地顫抖。但是到最後，也顧不得天寒地凍，他還是睡著了。

直到他感覺好像有如西北雨般的雪花大量飄落在他的臉上，才睜開了眼睛。這時他發現小屋

的門硬是被推開了，而且就在雪光的映照下，他看見屋內有個女人——一身全白的裝扮。只見那個女人正趴在茂作身上，對著他吹氣——而她所吹出來的氣體，就如同一縷閃亮的白煙。而幾乎就在同一時間，她回頭轉向巳之吉，甚至趴在他身上。巳之吉很想大聲喊叫，但是卻叫不出一絲聲音來。只見白衣女子慢慢地彎下身來，到最後她的臉幾乎就快貼到巳之吉的臉上。巳之吉看見那女子的眼睛雖然很可怕，但卻長得非常漂亮。而她也望著他好一會兒，之後，只見她露出微笑，然後輕聲細語地說道：「我本來也打算像對付那個人一樣地對付你，但我卻忍不住憐憫你，因為你還很年輕……。你的確是一位美少年呢！巳之吉，我再也不會害你了。但是，如果你把今天晚上所看到的事情告訴任何人——即便是你的母親也一樣，那我一定會知道！然後，我就會殺了你。……你要牢牢記住我說過的話。」

說完之後，她便轉身走出門外。當巳之吉知道自己的身體可以移動之後，便跳了起來，衝到外面去查看。但是，那女人已經不見蹤影了。大雪猛烈地吹進屋內，巳之吉把門關緊，而且還用好幾根木棒頂住。他心想，難道是風把門吹開的嗎？」——他心想，或許剛剛自己是在做夢；或許是他把門口積雪的反光，看成是一位白衣女子的形狀。不過，連他自己也無法確定是真是假。他試著想要叫醒茂作，但老人沒有回答，讓他嚇了一跳。於是巳之吉在黑暗中伸手去摸茂作的臉，

發現那臉已經結成冰了。只見茂作的身體僵硬已經去世了。

天亮之後，暴風雪也停了。直到太陽昇起不久，當船伕回到小屋時，才發現茂作凍僵的屍體和昏倒在他身旁的巳之吉。在船伕的照料下，巳之吉隨即清醒過來。但是，因為那個恐怖酷寒的夜晚，讓他生病了好長一段時間。也因為老人的死讓他深受打擊。不過，他並沒有把白衣女子出現的事情告訴任何人。當他恢復健康之後，再度重操舊業，回到工作崗位。——每天早上，他獨自前往森林去砍柴，等到天黑才帶著一捆捆的木柴返家。而砍回來的木柴就交由母親幫他拿去販賣。

就在隔年冬天的某一個晚上，巳之吉在返家途中，偶然在同一條路上，追趕上一位正在旅行的年輕女子。她的個子很高、身材纖細，長得非常漂亮。巳之吉跟她打招呼，她的聲音宛如黃鶯出谷，聽起來很悅耳動聽。於是巳之吉便和她並肩同行，兩人也聊了起來。少女說她的名字叫做「阿雪」。同時還告訴他前一陣子父母雙亡，自己打算去江戶，她有好幾位貧窮的親戚就住在那裡，而且他們還為她找好了幫傭的工作等等的事。巳之吉當下就對這位陌生的少女有似曾相識的感覺，而且越看越覺得她很美。於是便問她有沒有未婚夫。她笑著回答說自己並沒有任何婚約。後來又換女孩問巳之吉結婚了沒？有沒有未婚妻。巳之吉回答她說：「我家中有母親要奉養，至於娶媳婦的問題，因為

我還年輕，所以壓根兒也沒想過。」

……雙方經過如此一番的坦誠對話之後，頓時陷入了一陣沉默，兩個人就這樣默默地並肩走了好一會兒時間。但是，如同俗語說的「只要情投意合的話，眉目也能傳情」，等抵達村子時，兩人已經對彼此都產生情愫了。這時，巳之吉對阿雪說：何不妨暫時先到我家休息一陣子。她因為害羞，先是稍微猶豫了一下，最後還是點頭答應，就這樣跟隨他一起前往他家了。巳之吉的母親很歡迎阿雪，還為她準備了暖呼呼的餐點。因為阿雪的行為舉止表現得十分得宜，因此巳之吉的母親隨即就喜歡上她。於是便勸她把前往江戶的行程延後。到最後自然而然地，阿雪也就沒有到江戶去了。她就這樣待了下來，成為他家的媳婦。

阿雪知道自己是一位很好的媳婦，因為在五年之後，巳之吉的母親在臨終之前所說的遺言，都是一些對媳婦疼愛有加和讚賞的話。而且阿雪還為巳之吉生下十個子女。每個孩子都長得很漂亮，而且膚色非常白晰。

鄉下人都認為阿雪天生就很特別，跟他們是完全不同類型的人。因為一般的農村婦女都老的比較早，可是阿雪雖然已經生了十個孩子了，但看起來卻還是像當年來到村子的時候，一樣的年輕貌美。

某一天晚上，當孩子們都就寢之後，阿雪在燈光下做著針線活。這時，巳之吉一邊望著阿雪一邊說道：「看著你在燈光下做針線活的臉龐，讓我想起了十八歲那年遇到的一件很不

可思議的事。我當時看到了一位長得像妳這麼漂亮，而且膚色很白的女人。那女人長得簡直就跟妳一模一樣。」……

阿雪眼睛沒離開手上的工作，回答他說：「你可以告訴我那個女人的事嗎？……你是在什麼地方遇見她的？」

於是巳之吉便把自己那天晚上在船伕的小屋遇到那件可怕的事情告訴她。——白衣女子趴在他身上，露出微笑，輕聲細語對他說的話，以及茂作老人無聲無息地就突然死去的事。接著他還說：『我無論是在睡夢中，還是在醒著的時候，唯有那時候見到了長得像妳一樣漂亮的女人！當然，那個女人並非真正的人。我真的很怕那個女人。她真的很可怕，但是那個女人的皮膚真的非常雪白。……事實上，自己究竟是在做夢呢？還是真的見到了雪女？我自己也不是很清楚！……

阿雪丟下手上縫補的衣物，起身走到巳之吉身邊，趴在他身上，當著他的面大聲叫說：「那個女人就是我。……那個女人就是阿雪。記得我當時曾經警告過你：要是你敢說出這件事，我就會殺了你。……如今要不是看在身旁熟睡的這群孩子們的份上，我一定會立刻殺死你的。只不過現在呢，你最好盡最大努力，妥善地照顧我們的孩子，如果讓我知道孩子們對你有所不滿甚至抱怨的話，我就會讓你付出相同的代價。」……

就在她放聲大叫之後，她的聲音逐漸變得越來越細弱，宛如風聲狂嘯般——之後，她就變成了一縷絢爛的白色雲靄，朝著屋頂棟梁的方向再冉升起，然後穿過煙囪，逐漸飄散而去……從此以後就再也沒人見過她了。

轆轤首

靜岡英和學院大學准教授・蔡佩青

轆轤首是一種頭顱能與軀體分離，來去自如的妖怪。正如故事中明言指出《搜神記》或《南方異物志》等中國古書裡記載了轆轤首的特性，這種妖怪可能傳自中國傳說中的飛頭蠻或落頭氏、蟲頭民等。雖然醫學專家認為這是一種甲狀腺疾病，但以此為主題的鬼怪故事不勝枚舉。畢竟可以讓頭顱自由伸縮或三百六十度轉動（雖然這也是對甲狀腺疾病症狀的誇大敘述），連現代魔術師都不容易做到。

小泉八雲選了江戶後期的戲劇作家十返舍一九（一九七五～一八三一）的《怪物輿論》❶中所收錄的「轆轤首悕念卻報福話」，經過四度改稿終於寫成這篇故事。由此可見小泉八雲對這篇故事相當重視，他甚至還寫了一篇以主角之名為題的草稿「The Story of KaiRyu」（回龍故事）。相較於《怪物輿論》的單純敘事，小泉八雲在故事的許多角落營造了更符合主題的緊張氣氛。比如當樵夫發現回龍獨自一人逗留於深山時，樵夫提醒："There are haunters about here, — many of them."（這裡有怪物出沒——並且很多。）而回龍絲毫不以為意地回答："And I am not in the least afraid of Hairy Things, — if you mean goblin-foxes, or goblin-badgers, or any creatures of that kind."（我一點也不害怕妖魔鬼怪——如果你指的是妖狐或妖狸，或是其他類似這類的傢伙。）小泉八雲已經提醒讀者：這深山的可怕可能來自令人無法想像的魑魅魍魎。但是反觀原故事對此對話的陳述，樵夫只問到：「悪獣の害を恐れざるや。（你不擔心凶狠猛獸的攻擊嗎？）」而回龍的回應更只強調自己曾為武士的身分以及現在出家修行該受的苦難，讀者幾乎閱讀不到故事的緊迫感。事實上，《怪物輿論》雖然描寫了許多可怕的鬼怪故事，但敘事手法卻被惡評為平淡無味、了無新意。我彷彿聽見小泉八雲搖旗吶喊著：別忘了這是一則該令人感到悚然心驚的怪談啊！

小泉八雲的改寫，成功使轆轤首的故事獲得讀者的共鳴。值得一提的是，同時收錄於本書的另一位鬼怪故事家田中貢太郎便以八雲的版本再加以改編，同樣題為〈轆轤首〉，收錄於《日本怪談全集》中。

小泉八雲偏愛轆轤首，畫過三張拉著長長頸子的飛天頭顱，並附上他喜愛的幾首摘錄自《狂歌百物語》❸的短歌。其中一張畫的是梳著很漂亮的日本圓髻髮型的女性頭顱、插著髮釵、睜大雙眼、噘起嘴唇，口中拉出漫畫式對話框標示著「ケタケタ」——仔細一看，畫裡的女性正是小泉八雲夫人的本尊呢！

束の間に梁をつたはるろくろ頸　けたけた笑ふ顔のこわさよ

（轉瞬便見沿樑攀出的飛頭蠻，咯咯嘎嘎發笑的臉真嚇人）

在這幅圖畫的一角，小泉八雲用羅馬拼音記下這首狂歌，他將「ろくろ頸」（rokurokubi）寫成「66ビ」（roku roku bi），唸起來還是「ろくろくビ」（rokurokubi）。根據小泉八雲的長子小泉一雄的回憶，當時母親為父親讀誦《狂歌百物語》時剛好是三十六歲，因此才用數字記號來表示。從這些小泉八雲創作時的片段記錄或家人對他的生活回憶，不難想像小泉八雲雖然費心描寫怪談故事的悚慄情節，但實際創作時卻像個孩子般淘氣，完全繼承了他所熱愛的江戶風詼諧精神。

註

❶《怪物輿論》：一八〇三年。十返舍一九參考醫書《奇疾便覽》❷中對流傳中國的怪病的解說而創作此書，長期以來被認為只是平淡無奇的中國白話小說翻案故事集。

❷《奇疾便覽》下津壽泉著，一七一五年。一七七四年再以《怪妖故事談》為題重版發行。

❸《狂歌百物語》：天明老人著，一八五三年。以江戶時期坊間所流傳的九十六種妖怪為主題，用狂歌❹的方式詮釋每種妖怪的特徵，並附上插圖，可稱是一本妖怪圖鑑。小泉八雲曾經挑選其中四十八首狂歌譯成英文於美國出版。

❹狂歌：內容或詼諧或低俗的短歌。江戶中期最為盛行。

原文鑑賞

ろくろ首《くび》

小泉《こいずみ》八雲《やくも》（田部隆次訳）

20

五百年《ごひゃくねん》ほど前《まえ》に、九州菊池《きゅうしゅうきくち》の侍臣《じしん》に磯貝平太左衛門武連《いそがいへいたざえもんたけつら》という人《ひと》がいた。この人《ひと》は代々《だいだい》武勇《ぶゆう》にすぐれた祖先《そせん》からの遺伝《いでん》で、生《うま》れながら弓馬《きゅうば》の道《みち》に精《くわ》しく非凡《ひぼん》の力量《りきりょう》をもっていた。未《ま》だ子供《こども》の時《とき》から剣道《けんどう》、弓術《きゅうじゅつ》、槍術《そうじゅつ》では先生《せんせい》よりもすぐれて、大胆《だいたん》で熟練《じゅくれん》な勇士《ゆうし》の腕前《うでまえ》を充分《じゅうぶん》にあらわしていた。その後《ご》、永享年間《えいきょうねんかん》（西暦一四二九—一四四一）の乱《らん》に武功《ぶこう》をあらわして、ほまれを授《さず》かった事《こと》たびたびであった。しか

し菊池《きくち》家《け》が滅亡《めつぼう》に陥《おちい》った時《とき》、磯貝《いそがい》は主家《しゅけ》を失《うしな》った。外《ほか》の大名《だいみょう》に使《つか》われる事《こと》も容易《ようい》にできたのであったが、自分一身《じぶんいっしん》のために立身出世《りっしんしゅっせ》を求《もと》めようとは思《おも》わず、また以前《いぜん》の主人《しゅじん》に心《こころ》が残《のこ》っていたので、彼《かれ》は浮世《うきよ》を捨《す》てる事《こと》にした。そして剃髪《ていはつ》して僧《そう》となり——回龍《かいりゅう》と名《な》のって——諸国行脚《しょこくあんぎゃ》に出《で》かけた。

しかし僧衣《そうい》の下《した》には、いつでも回龍《かいりゅう》の武士《ぶし》の魂《たましい》が生《い》きていた。昔《むかし》、危険《きけん》をものともしなかったと同《おな》じく、今《いま》はまた難苦《なんく》を顧《かえり》みなかった。それで天気《てんき》や季節《きせつ》に頓着《とんちゃく》なく、外《ほか》の僧侶達《そうりょたち》のあえて行《い》こうとしない処《ところ》へ、聖《きよ》い仏《ほとけ》の道《みち》を説《と》くために出《で》かけた。その時代《じだい》は暴戻乱雑《ぼうれいらんざつ》の時代《じだい》であった。それでたとえ僧侶《そうりょ》の身《み》でも、一人旅《ひとりたび》は安全《あんぜん》ではなかった。

21

始《はじ》めての長《なが》い旅《たび》のうちに、回龍《かいりゅう》は折《おり》があって、甲斐《かい》の国《くに》を訪《おとず》れた。ある夕方《ゆうがた》の

事《こと》、その国《くに》の山間《やまあい》を旅《たび》しているうちに、村《むら》から数里《すうり》を離《はな》れた、はなはだ淋《さび》しい処《ところ》で暗《くら》くなってしまった。そこで星《ほし》の下《した》で夜《よる》をあかす覚《かく》悟《ご》をして、路傍《ろぼう》の適当《てきとう》な草地《くさち》を見《み》つけて、そこに臥《ふ》して眠《ねむ》りにつこうとした。彼《かれ》はいつも喜《よろこ》んで不自《ふじ》由《ゆう》を忍《しの》んだ。それで何《なに》も得《え》られない時《とき》には、裸《はだか》の岩《いわ》は彼《かれ》にとってはよい寝床《ねどこ》になり、松《まつ》の根《ね》はこの上《うえ》もない枕《まくら》となった。彼《かれ》の肉体《にくたい》は鉄《てつ》であった。露《つゆ》、雨《あめ》、霜《しも》、雪《ゆき》になやんだ事《こと》は決《けっ》してなかった。

横《よこ》になるや否《いな》や、斧《おの》と大《おお》きな薪《たきぎ》の束《たば》を脊《せ》負《お》うて道《みち》をたどって来《く》る人《ひと》があった。この木《き》こりは横《よこ》になっている回龍《かいりゅう》を見《み》て立《た》ち止《ど》まって、しばらく眺《なが》めていたあとで、驚《おどろ》きの調子《ちょうし》で言《い》った。

「こんなところで独《ひと》りでねておられる方《かた》はそもそもどんな方《かた》でしょうか。……このあたりには変化《へんげ》のものが出《で》ます――たくさんに出《で》ます。あなたは魔物《まもの》を恐《おそ》れませんか」

回龍《かいりゅう》は快活《かいかつ》に答《こた》えた、「わが友《とも》、わしはただの雲水《うんすい》じゃ。それゆえ少《すこ》しも魔物《まもの》を恐《おそ》れない、――たとえ化《ば》け狐《ぎつね》であれ、化《ば》け狸《だぬき》であれ、その外《ほか》何《なん》の化《ば》けであれ。淋《さび》しい処《ところ》は、かえって好《この》む処《ところ》、そんな処《ところ》は黙想《もくそう》をするのによい。わしは大空《おおぞら》のうちに眠《ねむ》る事《こと》に慣《な》れておる、それから、わしのいのちについて心配《しんぱい》しないように修業《しゅぎょう》を積《つ》んで来《き》た」

22

「こんな処《ところ》に、お休《やす》みになる貴僧《きそう》は、全《まった》く大胆《だいたん》な方《かた》に相違《そうい》ない。

ここは評判《ひょうばん》のよくない——はなはだよくない処《ところ》です。「君子《くんし》危《あや》うきに近《ちか》よらず」と申《もう》します。実際《じっさい》こんな処《ところ》でお休《やす》みになる事《こと》ははなはだ危険《きけん》です。私《わたし》の家《いえ》はひどいあばらやですが、御願《おねがい》です、一緒《いっしょ》に来《き》て下《くだ》さい。喰《た》べるものと言《い》っては、さし上《あ》げるようなものはありません。が、とにかく屋根《やね》がありますから安心《あんしん》してねられます」

熱心《ねっしん》に言《い》うので、回龍《かいりゅう》はこの男《おとこ》の親切《しんせつ》な調子《ちょうし》が気《き》に入《い》って、この謙遜《けんそん》な申出《もうしで》を受《う》けた。きこりは往来《おうらい》から分《わか》れて、山《やま》の森《もり》の間《あいだ》の狭《せま》い道《みち》を案内《あんない》して上《のぼ》って行《い》った。凸《でこ》凹《ぼこ》の危険《きけん》な道《みち》で、——時々断崖《ときどきだんがい》の縁《ふち》を通《とお》ったり、——時々足《ときどきあし》の踏《ふ》み場処《ばしょ》としては、滑《すべ》りやすい木《き》の根《ね》のからんだものだけであったり、——時々尖《ときどきとが》った大《おお》きな岩《いわ》の上《うえ》、または間《あいだ》をうねりくねったりして行《い》った。

しかし、ようやく回龍《かいりゅう》はある山《やま》の頂《いただ》きの平《たい》らな場所《ばしょ》へ来《き》た。満月《まんげつ》が頭上《ずじょう》を照《て》らしていた。見《み》ると自分《じぶん》の前《まえ》に小《ちい》さな草《くさ》ぶき屋根《やね》の小屋《こや》があって、中《なか》からは陽気《ようき》な光《ひかり》がもれていた。きこりは裏口《うらぐち》から案内《あんない》したが、そこへは近処《きんじょ》の流《なが》れから、竹《たけ》の筧《かけひ》で水《みず》を取《と》ってあった。それから二人《ふたり》は足《あし》を洗《あら》った。小屋《こや》の向《むこ》うは野菜畠《やさいばたけ》につづいて、竹藪《たけやぶ》と杉《すぎ》の森《もり》になっていた。それからその森《もり》の向《むこ》うに、どこか遥《はる》かに高《たか》い処《ところ》から落《お》ちている滝《たき》が微《かす》かに光《ひか》って、長《なが》い白《しろ》い着物《きもの》のように、月光《げっこう》のうちに動《うご》いているのが見《み》えた。

23

回龍《かいりゅう》が案内者《あんないしゃ》と共《とも》に小屋《こや》に入《はい》った時《とき》、四人《よにん》の男女《だんじょ》が炉《ろ》にもやした小《ちい》さな火《ひ》で手《て》を暖《あたた》めているのを見《み》た。僧《そう》に向《むか》って丁寧《ていねい》にお辞儀《じぎ》をして、最《もっと》も恭《うやうや》しき態度《たいど》で挨拶《あいさつ》を云《い》った。回龍《かいりゅう》はこんな淋《さび》しい処《ところ》に住《す》んでいるこんな貧《まず》しい人々《ひとびと》が、上品《じょうひん》な挨拶《あいさつ》の言葉《ことば》を知《し》っている事《こと》を不思《ふし》議《ぎ》に思《おも》った。「これはよい人々《ひとびと》だ」彼《かれ》は考《かんが》えた「誰《だれ》かよく礼儀《れいぎ》を知《し》っている人《ひと》から習《なら》ったに相違《そうい》ない」それから外《ほか》のも

のが「あるじ」と云《い》っているその主人《しゅじん》に向《むか》って云《い》った。
「その親切《しんせつ》な言葉《ことば》や、皆《みな》さんから受《う》けたはなはだ丁寧《ていねい》なもてなしから、私《わたし》はあなたを初《はじ》めからのきこりとは思《おも》われない。たぶん以前《いぜん》は身分《みぶん》のある方《かた》でしたろう」
きこりは微笑《びしょう》しながら答《こた》えた。
「はい、その通《とお》りでございます。ただ今《いま》は御覧《ごらん》の通《とお》りのくらしをしていますが、昔《むかし》は相当《そうとう》の身分《みぶん》でした。私《わたし》の一代記《いちだいき》は、自業自得《じごうじとく》で零落《れいらく》したものの一代記《いちだいき》です。私《わたし》はある大名《だいみょう》に仕《つか》えて、重《お》もい役《やく》を務《つと》めていました。しかし余《あま》りに酒《しゅ》色《しょく》に耽《ふけ》って、心《こころ》が狂《くる》ったために悪《わる》い行《ぎょう》をいたしました。自分《じぶん》の我儘《わがまま》から家《いえ》の破滅《はめつ》を招《まね》いて、たくさんの生命《せいめい》を亡《ほろ》ぼす原因《げんいん》をつくりました。その罰《はつ》があたって、私《わたし》は長《なが》い間《あいだ》この土地《とち》に亡命者《ぼうめいしゃ》となっていました。今《いま》では何《なに》か私《わたし》の罪《つみ》ほろぼしができて、祖先《そせん》の家名《かめい》を再興《さいこう》する事《こと》のできるようにと、祈《いの》っています。しかしそう云《い》う事《こと》もできそうにありません。ただ、真面目《まじめ》な懺悔《ざんげ》をして、できるだけ不幸《ふこう》な人々《ひとびと》を助《たす》けて、私《わたし》の悪業《あくごう》の償《つぐな》いをしたいと思《おも》っております」

24

回龍《かいりゅう》はこのよい決心《けっしん》の告白《こくはく》をきいて喜《よろこ》んで主人《しゅじん》に云《い》った、

「若《わか》い時《とき》につまらぬ事《こと》をした人《ひと》が、後《あと》になって非常《ひじょう》に熱心《ねっしん》に正《ただ》しい行《ぎょう》をするようになる事《こと》を、これまでわしは見《み》ています。悪《あく》に強《つよ》い人《ひと》は、決心《けっしん》の力《ちから》で、また、善《ぜん》にも強《つよ》くなる事《こと》は御経《おきょう》にも書《か》いてあります。御身《おんみ》は善《よ》い心《こころ》の方《かた》である事《こと》は疑《うたが》わない。それでどうかよい運《うん》を御身《おんみ》の方《ほう》へ向《む》かわせたい。今夜《こんや》は御身《おんみ》のために読経《どきょう》をして、これまでの悪業《あくごう》に打《う》ち勝《か》つ力《ちから》を得《え》られる事《こと》を祈《いの》りましょう」

こう云《い》ってから回龍《かいりゅう》は主人《しゅじん》に「お休《やす》みなさい」を云《い》った。主人《しゅじん》は極《きわ》めて小《ちい》さな部屋《へや》へ案内《あんない》した。そこには寝床《ねどこ》がのべてあった。それから一同《いちどう》眠《ねむ》りについたが、回龍《かいりゅう》だけは行燈《あんどん》のあかりのわきで読経《どきょう》を始《はじ》めた。おそくまで読経勤行《どきょうごんぎょう》に余念《よねん》はなかった。それからこの小《ちい》さな寝室《しんしつ》の窓《まど》をあけて、床《とこ》につく前《まえ》に、最後《さいご》に風景《ふうけい》を眺《なが》めようとした。夜《よる》は美《うつく》しかった。空《そら》には雲《くも》もなく、風《かぜ》もなかった。強《つよ》い月光《げっこう》は樹木《じゅもく》のはっきりした黒影《こくえい》を投《な》げて、庭《にわ》の露《つゆ》の上《うえ》に輝《かがや》いていた。きりぎりすや鈴虫《すずむし》の鳴《な》き声《ごえ》は、騒《さわ》がしい音楽《おんがく》となっていた。近所《きんじょ》の滝《たき》の音《おと》は夜《よる》のふけるに随《したが》って深《ふか》くなった。回龍《かいりゅう》は水《みず》の音《おと》を聴《き》いていると、渇《かわ》きを覚《おぼ》えた。それで家《いえ》の裏《うら》の筧《かけひ》を想《おも》い出《だ》して、眠《ねむ》っている家人《かじん》の邪魔《じゃま》をしないで、そこへ出《で》て水《みず》を飲《の》もうとした。襖《ふすま》をそっとあけた。そうして、行燈《あんどん》のあかりで、五人《ごにん》の横臥《おうが》したからだを見《み》たが、それにはいずれも頭《あたま》がなかった。

直《ただ》ちに――何《なに》か犯罪《はんざい》を想像《そうぞう》しながら――彼《かれ》はびっくりして立《た》った。しかし、つぎに彼《かれ》はそこに血《ち》の流《なが》れていない事《こと》と、頭《あたま》は斬《き》られたようには見《み》えない事《こと》に気《き》がついた。それから彼《かれ》は考《かんが》えた。「これは妖怪《ようかい》に魅《ばか》されたか、あるいは自分《じぶん》はろくろ首《くび》の家《いえ》におびきよせられたのだ。……「捜神記《そうじんき》」に、もし首《くび》のない胴《どう》だけのろくろ首《くび》を見《み》つけて、その胴《どう》を別《べつ》の処《ところ》にうつしておけば、首《くび》は決《けっ》して再《ふたた》びもとの胴《どう》へは帰《かえ》らないと書《か》いてある。それから更《さら》にその書物《しょもつ》に、首《くび》が帰《かえ》って来《き》て、胴《どう》が移《うつ》してある事《こと》をさとれば、その首《くび》は毬《まり》のようにはねかえりながら三度《みたび》地《ち》を打《う》って、――非常《ひじょう》に恐《おそ》れて喘《あえ》ぎながら、やがて死《し》ぬと書《か》いてある。ところで、もしこれがろくろ首《くび》なら、禍《わざわい》をなすものゆえ、――その書物《しょもつ》の教《おし》え通《とお》りにしても差支《さしつか》はなかろう」……

彼《かれ》は主人《しゅじん》の足《あし》をつかんで、窓《まど》まで引《ひ》いて来《き》て、からだを押《お》し出《だ》した。それから裏口《うらぐち》に来《き》てみると戸《と》が締《しま》っていた。それで彼《かれ》は首《くび》は開《ひら》いていた屋根《やね》の煙出《けむだ》しから出《で》て行《い》ったた事《こと》を察《さつ》した。静《しず》かに戸《と》を開《あ》けて庭《にわ》に出《で》て、向《む》うの森《もり》の方《ほう》へできるだけ用心《ようじん》して進《すす》んだ。森《もり》の中《なか》で話《はな》し声《ごえ》が聞《き》こえた、それでよい隠《かく》れ場所《ばしょ》を見《み》つけるまで影《かげ》から影《かげ》へと忍《しの》びながら——声《こえ》の方向《ほうこう》へ行《い》った。そこで、一本《いっぽん》の樹《き》の幹《みき》のうしろから首《くび》が——五《いつ》つとも——飛《と》び廻《まわ》って、そして飛《と》び廻《まわ》りながら談笑《だんしょう》しているのを見《み》た。首《くび》は地《ち》の上《うえ》や樹《き》の間《あいだ》で見《み》つけた虫類《ちゅうるい》を喰《た》べていた。やがて主人《しゅじん》の首《くび》が喰《た》べる事《こと》を止《や》めて云《い》った、

「ああ、今夜《こんや》来《き》たあの旅《たび》の僧《そう》、——全身《ぜんしん》よく肥《こ》えているじゃないか、あれを皆《みな》で喰《た》べたら、さぞ満腹《まんぷく》する事《こと》であろう。……あんな事《こと》を云《い》って、つまらない事《こと》をした、——だからおれの魂《たましい》のために、読経《どきょう》をさせる事《こと》になってしまった。経《きょう》をよんでいるうちは近《ちか》よる事《こと》がむつかしい。称名《しょうみょう》を唱《とな》えている間《あいだ》は手《て》を下《くだ》す事《こと》はできない。しかしもう今《いま》は朝《あさ》に近《ちか》いから、たぶ

ん眠《ねむ》ったろう。……誰《だれ》かうちへ行《い》って、あれが何《なに》をしているか見届《みとど》けて来《き》てくれないか」

26

一《ひと》つの首《くび》——若《わか》い女《おんな》の首《くび》——が直《ただ》ちに立《た》ち上《のぼ》って蝙蝠《こうもり》のように軽《かる》く、家《いえ》の方《ほう》へ飛《と》んで行《い》った。数分《すうふん》の後《あと》、帰《かえ》って来《き》て、大驚愕《だいきょうがく》の調子《ちょうし》で、しゃがれ声《ごえ》で叫《さけ》んだ、

「あの旅僧《たびそう》はうちにいません、——行《い》ってしまいました。それだけではありません。もっとひどい事《こと》には、主人《しゅじん》の体《からだ》を取《と》って行《い》きました。どこへ置《お》いて行《い》ったか分《わか》りません」

この報告《ほうこく》を聞《き》いて、主人《しゅじん》の首《くび》が恐《おそ》ろしい様子《ようす》になった事《こと》は月《つき》の光《ひかり》で判然《はんぜん》と分《わか》った。眼《め》は大《おお》きく開《ひら》いた、髪《かみ》は逆《さか》立《だ》った、歯《は》は軋《きし》った。それから一《ひと》つの叫《さけ》びが唇《くちびる》から破裂《はれつ》した、忿怒《ふんど》の涙《なみだ》を流《なが》しながらどなった、

「からだを動《うご》かされた以上《いじょう》、再《ふたた》びもと通《どお》りになる事《こと》はできない。死《し》なねばならない。……皆《みな》これがあの僧《そう》の仕業《しわざ》だ。死《し》ぬ前《まえ》にあの僧《そう》に飛《と》びついてやろ

う、——引《ひ》き裂《さ》いてやろう、——喰《く》いつくしてやろう。……ああ、あすこに居《い》る——あの樹《き》のうしろ——あの樹《き》のうしろに隠《かく》れている。あれ、——あの肥《ふと》った臆病《おくびょう》者《もの》」……

同時《どうじ》に主人《しゅじん》の首《くび》は他《ほか》の四《よっ》つの首《くび》を随《したが》えて、回龍《かいりゅう》に飛《と》びかかった。しかし強《つよ》い僧《そう》は手《て》ごろの若木《わかぎ》を引《ひ》きぬいて武器《ぶき》とし、それを打《う》ちふって首《くび》をなぐりつけ、恐《おそ》ろしい力《ちから》でなぎたててよせつけなかった。四《よっ》つの首《くび》は逃《に》げ去《さ》った。しかし、主人《しゅじん》の首《くび》だけは、いかに乱打《らんだ》されても、必死《ひっし》となって僧《そう》に飛《と》びついて、最後《さいご》に衣《ころも》の左《ひだり》の袖《そで》に喰《く》いついた。しかし回龍《かいりゅう》の方《ほう》でも素早《すばや》くまげをつかんでその首《くび》を散々《さんざん》になぐった。どうしても袖《そで》からは離《はな》れなかったが、しかし長《なが》い呻《うめ》きをあげ

て、それからもがくことを止《や》めた。死《し》んだのであった。しかしその歯《は》はやはり袖《そで》に喰《く》いついていた。そして回龍《かいりゅう》のありたけの力《ちから》をもってしても、その顎《あご》を開《ひら》かせる事《こと》はできなかった。

27

彼《かれ》はその袖《そで》に首《くび》をつけたままで、家《いえ》へ戻《もど》った。そこには、傷《きず》だらけ、血《ち》だらけの頭《あたま》が胴《どう》に帰《かえ》って、四人《よにん》のろくろ首《くび》が坐《すわ》っているのを見《み》た。裏《うら》の戸口《とぐち》に僧《そう》を認《みと》めて一同《いちどう》は「僧《そう》が来《き》た、僧《そう》が」と叫《さけ》んで反対《はんたい》の戸口《とぐち》から森《もり》の方《ほう》へ逃《に》げ出《だ》した。

東《ひがし》の方《ほう》が白《しら》んで来《き》て夜《よる》は明《あ》けかかった。回龍《かいりゅう》は化物《ばけもの》の力《ちから》も暗《くら》い時《とき》だけに限《かぎ》られている事《こと》を知《し》っていた。袖《そで》についている首《くび》を見《み》た――顔《かお》は血《ち》と泡《あわ》と泥《どろ》とで汚《よご》れていた。そこで「化物《ばけもの》の首《くび》とは――何《なん》と云《い》うみやげだろう」と考《かんが》えて大声《おおごえ》に笑《わら》った。それからわずかの所持品《しょじひん》をまとめて、行《あん》

脚《ぎゃ》をつづけるために、徐《おもむ》ろに山《やま》を下《くだ》った。
　直《ただ》ちに旅《たび》をつづけて、やがて信州《しんしゅう》諏訪《すわ》へ来《き》た。諏訪《すわ》の大通《おおどお》りを、肘《ひじ》に首《くび》をぶら下《さ》げたまま、堂々《どうどう》と濶歩《かっぽ》していた。女《おんな》は気絶《きぜつ》し、子供《こども》は叫《さけ》んで逃《に》げ出《だ》した。余《あま》りに人《ひと》だかりがして騒《さわ》ぎになったので、捕手《とりて》が来《き》て、僧《そう》を捕《とら》えて牢《ろう》へ連《つ》れて行《い》った。その首《くび》は殺《ころ》された人《ひと》の首《くび》で、殺《ころ》される時《とき》、相手《あいて》の袖《そで》に喰《く》いついたものと考《かんが》えたからであった。回龍《かいりゅう》の方《ほう》では問《と》われた時《とき》に微笑《びしょう》ばかりして何《なん》にも云《い》わなかった。それから一夜《いちや》を牢屋《ろうや》ですごしてから、その土地《とち》の役人《やくにん》の前《まえ》に引《ひ》き出《だ》された。それから、どうして僧侶《そうりょ》の身分《みぶん》として袖《そで》に人《ひと》の首《くび》をつけているか、なぜ衆人《しゅうじん》の前《まえ》で厚顔《こうがん》にも自分《じぶん》の罪悪《ざいあく》の見《み》せびらかしをあえてするか、説明《せつめい》するように命《めい》ぜられた。

28

　回龍《かいりゅう》はこの問《とい》に対《たい》して長《なが》く大声《おおごえ》で笑《わら》っ

た、それから云《い》った、

「皆様《みなさま》、愚僧《ぐそう》が袖《そで》に首《くび》をつけたのではなく、首《くび》の方《ほう》から来《き》てそこへついたので――愚僧迷惑至極《ぐそうめいわくしごく》に存《ぞん》じております。それから愚僧《ぐそう》は何《なん》の罪《つみ》をも犯《おか》しません。これは人間《にんげん》の首《くび》でなく、化物《ばけもの》の首《くび》でございます、――それから化物《ばけもの》が死《し》んだのは、愚僧《ぐそう》が自分《じぶん》の安全《あんぜん》を計《はか》るために必要《ひつよう》な用心《ようじん》をしただけのことからで、血《ち》を流《なが》して殺《ころ》したのではございません」……それから彼《かれ》は更《さら》に、全部《ぜんぶ》の冒険談《ぼうけんだん》を物語《ものがた》って、五《いつ》つの首《くび》との会戦《かいせん》の話《はなし》に及《およ》んだ時《とき》、また一《ひと》つ大笑《おおわら》いをした。

しかし、役人達《やくにんたち》は笑《わら》わなかった。これは剛腹《ごうふく》頑固《がんこ》な罪人《ざいにん》で、この話《はなし》は人《ひと》を侮辱《ぶじょく》したものと考《かんが》えた。それでそれ以上詮索《いじょうせんさく》しないで、一同《いちどう》は直《ただ》ちに死刑《しけい》の処分《しょぶん》をする事《こと》にきめたが、一人《ひとり》の老人《ろうじん》だけは反対《はんたい》した。この老《お》いた役人《やくにん》は審問《しんもん》の間《あいだ》

には何《なに》も云《い》わなかったが、同僚《どうりょう》の意見《いけん》を聞《き》いてから、立《た》ち上《あ》がって云《い》った、「まず首《くび》をよく調《しら》べましょう、これが未《いま》だすんでいないようだから。もしこの僧《そう》の云《い》う事《こと》が本当《ほんとう》なら、首《くび》を見《み》れば分《わか》る。……首《くび》をここへ持《も》って来い」

29

回龍《かいりゅう》の背中《せなか》からぬき取《と》った衣《ころも》にかみついている首《くび》は、裁判官達《さいばんかんたち》の前《まえ》に置《お》かれた。老人《ろうじん》はそれを幾度《いくど》も廻《まわ》して、注意深《ちゅういぶか》くそれを調《しら》べた。そして頸《くび》の項《うなじ》にいくつかの妙《みょう》な赤《あか》い記号《きごう》らしいものを発見《はっけん》した。その点《てん》へ同僚《どうりょう》の注意《ちゅうい》を促《うなが》した。それから頸《くび》の一端《いっぱし》がどこにも武器《ぶき》で斬《き》られたらしい跡《あと》のない事《こと》を見《み》せた。かえって落葉《らくよう》が軸《じく》から自然《しぜん》に離《はな》れたように、その頸《くび》の断面《だんめん》は滑《なめ》らかであった。……そこで老人《ろうじん》は云《い》った、

「僧《そう》の云《い》った事《こと》は全《まった》く本当《ほんとう》としか思《おも》われない。これはろくろ首《くび》だ。「南方異物志《なんぽういぶつし》」に、本当《ほんとう》のろくろ首《くび》の項《うなじ》の上《うえ》には、いつでも一種《いっしゅ》の赤《あか》い文字《もじ》が見《み》られると書《か》いてある。そこに文字《もじ》がある。それはあとで書《か》いたのではない事《こと》が分《わか》る。その上甲斐《うえかい》の国《くに》の山中《さんちゅう》にはよほど昔《むかし》から、こんな怪物《かいぶつ》が住《す》んでおる事《こと》はよく知《し》られておる。……しかし」回龍《かいりゅう》の方《ほう》へ向《む》いて、老人《ろうじん》は叫《さけ》んだ――「あなたは何《なん》と強勇《きょうゆう》なお坊《ぼう》さんでしょ

う。たしかにあなたは坊《ぼう》さんには珍《めず》らしい勇気《ゆうき》を示《しめ》しました。あなたは坊《ぼう》さんよりは、武士《ぶし》の風《ふう》がありますな。たぶんあなたの前身《ぜんしん》は武士《ぶし》でしょう」

「いかにもお察《さっ》しの通《とお》り」と回龍《かいりゅう》は答《こた》えた。「剃髪《ていはつ》の前《まえ》は、久《ひさ》しく弓矢取《ゆみやと》る身分《みぶん》であったが、その頃《ころ》は人間《にんげん》も悪魔《あくま》も恐《おそ》れませんでした。当時《とうじ》は九州磯貝平太左衛門武連《きゅうしゅういそがいへいたざえもんたけつら》と名《な》のっていましたが、その名《な》を御記憶《ごきおく》の方《かた》もあるいはございましょう」

その名前《なまえ》を名《な》のられて、感嘆《かんたん》のささやきが、その法廷《ほうてい》に満《み》ちた。その名《な》を覚《おぼ》えている人《ひと》が多数居合《たすういあわ》せたからであった。それからこれまでの裁判官達《さいばんかんたち》は、たちまち友人《ゆうじん》となって、兄弟《きょうだい》のような親切《しんせつ》をつくして感嘆《かんたん》を表《あら》わそうとした。恭《うやうや》しく国守《こくしゅ》の屋敷《やしき》まで護衛《ごえい》して行《い》った。そこでさまざまの歓待饗応《かんたいきょうおう》をうけ、褒賞《ほうしょう》を賜《たま》わった後《あと》、ようやく退出《たいしゅつ》を許《ゆる》された。面目身《めんぼくみ》に余《あま》った回龍《かいりゅう》が諏訪《すわ》を出《で》た時《とき》は、このはかない娑婆世界《しゃばせかい》でこの僧《そう》ほど、幸福《こうふく》な僧《そう》はないと思《おも》われた。首《くび》はやはり携《たずさ》えて行《い》った――みやげにすると戯《たわむ》れながら。

30

さて、首《くび》はその後《ご》どうなったか、その話《はなし》だけ残《のこ》っている。

諏訪《すわ》を出《で》て一両日《いちりょうじつ》のあと、回龍《かいりゅう》は淋《さび》しい処《ところ》で一人《ひとり》の盗賊《とうぞく》に止《と》められて、衣類《いるい》を脱《ぬ》ぐ事《こと》を命《めい》ぜられた。回龍《かいりゅう》は直《ただ》ちに衣《ころも》を脱《だっ》して盗賊《とうぞく》に渡《わた》した。盗賊《とうぞく》はその時《とき》、始《はじ》めて袖《そで》にかかっているものに気《き》がついた。さすがの追剥《おいは》ぎも驚《おどろ》いて、衣《ころも》を取《と》り落《お》として、飛《と》び退《の》いた。それから叫《さけ》んだ、「やあ、こりゃとんでもない坊《ぼう》さんだ。おれよりもっと悪党《あくとう》だね。おれも実際《じっさい》これまで人《ひと》を殺《ころ》した事《こと》はある、しかし袖《そで》に人《ひと》の首《くび》をつけて歩《ある》いた事《こと》はない。……よし、お坊《ぼう》さん、こりゃおれ達《たち》は同《おな》じ商売仲《しょうばいなか》間《ま》だぜ、どうしてもおれは感心《かんしん》せずには居《い》られない。ところで、その首《くび》はおれの役《やく》に立《た》ちそうだ。おれはそれで人《ひと》をおどかすんだね。売《う》ってくれないか。おれのきものと、この衣《ころも》と取《と》り替《か》えよう、それから首《くび》の方《ほう》は五両《ごりょう》出《だ》す」

回龍《かいりゅう》は答《こた》えた、

「お前《まえ》が是非《ぜひ》と云《い》うなら、首《くび》も衣《ころも》も上《あ》げるが、実《じつ》はこれは人間《にんげん》の首《くび》じゃない。化物《ばけもの》の首《くび》だ。それで、これを買《か》って、そのために困《こま》っても、わしのために欺《あざむ》かれたと思《おも》ってはいけない」

「面白《おもしろ》い坊《ぼう》さんだね」追剥《おいは》ぎが叫《さけ》んだ。「人《ひと》を殺《ころ》してそれを冗談《じょうだん》にしているのだから、……しかし、おれは全《まった》く本気《ほんき》なんだ。さあ、きものはここ、それからお金《かね》はここにある。——それから首《くび》を下《くだ》さい。……何《なに》もふざけなくってもよかろう」

31

「さあ、受《う》け取《と》るがよい」回龍《かいりゅう》は云《い》った。「わしは少《すこ》しもふざけていない。何《なに》かおかしい事《こと》でももしあれば、それはお前《まえ》がお化《ば》けの首《くび》を、大金《たいきん》で買《か》うのが馬鹿《ばか》げてはおかしいと云《い》う事《こと》だけさ」それから回龍《かいりゅう》は大笑《たいしょう》をして去《さ》った。

こんなにして盗賊《とうぞく》は首《くび》と、衣《ころも》を手《て》に入《い》れてしばらく、お化《ばけ》の僧《そう》となって追剥《おいは》ぎをして歩《ある》いた。しかし諏訪《すわ》の近傍《きんぼう》へ来《き》て、彼《かれ》は首《くび》の本当《ほんとう》の話《はなし》を聞《き》いた。それからろくろ首《くび》の亡霊《ぼうれい》の祟《たた》りが恐《おそ》ろしくなって来《き》た。そこでもとの場所《ばしょ》へ、その首《くび》をかえして、体《からだ》と一緒《いっしょ》に葬《ほうむ》ろうと決心《けっしん》した。彼《かれ》は甲斐《かい》の山中《さんちゅう》の淋《さび》しい小屋《こや》へ行《い》く道《みち》を見《み》つけたが、そこには誰《だれ》もいなかった。体《からだ》も見《み》つからなかった。そこで首《くび》だけを小屋《こや》のうしろの森《もり》に埋《う》めた。それからこのろくろ首《くび》の亡霊《ぼうれい》のために施餓鬼《せがき》を行《おこな》った。そしてろくろ首《くび》の塚《つか》として知《し》られている塚《つか》は今日《こんにち》もなお見《み》られる。（とにかく、日本《にほん》の作者《さくしゃ》はそう公言《こうげん》する）

小泉八雲

轆轤首❶

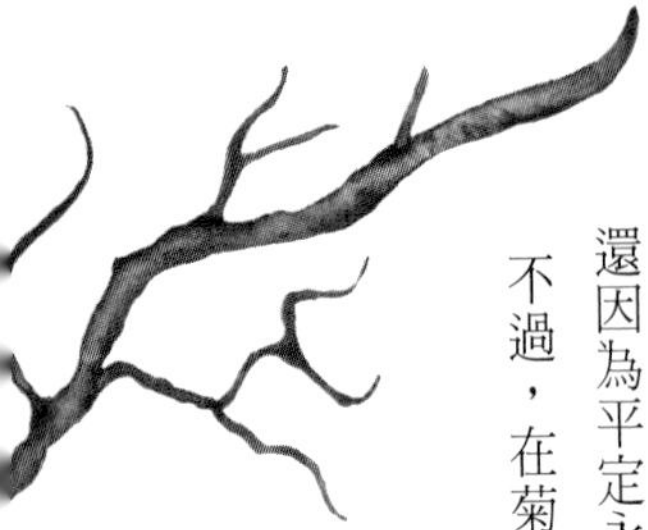

大約是在五百多年前，九州菊池公有一位家臣名叫「磯貝平太左衛門武連」。他承襲了歷代祖先驍勇善戰的血統，天生精通弓箭馭馬等各家武術，並擁有非凡的力量。此外，他自幼便學習劍道、弓術、槍術，而且每一樣都比師父們技高一籌，充分展現勇士威猛幹練的能耐。之後，還因為平定永享之亂❷有功而屢次獲頒獎賞。

不過，在菊池家踏向滅亡之路後，磯貝便失去了主君。雖然轉而投靠其他諸侯並非難事，但他既不想追求個人的功名利祿；也因為對昔日的主君仍懷有依戀不捨之情，於是便決定拋棄世俗，剃髮為僧——以法號「回龍」自居——雲遊全國各地，展開行腳之旅。

只不過在僧衣底下，回龍依然保有不朽的武士魂。他一如往常，不怕危險、不畏苦難。而且對天氣或季節完全不在乎，為了闡述神聖的佛道，他甚至奮不顧身地前往其他僧侶不敢涉足的地方。在那個世道紊亂的年代，即使是一介僧人，單

獨旅行也絕非安全之舉。

在初次啟程的長途旅行中，回龍碰巧來到了甲斐國（也就是現在的山梨縣）。那是發生在某一天日落時分的事。回龍在甲斐國的山間行腳，在走到距離村落好幾里外一處十分荒涼的地方時，天色已經暗了。因此他早有在露宿星空下的心理準備，於是便找到路邊一處適當的草地，躺下來準備席地而眠。他總是樂意忍受這種不便，並且坦然處之。當找不到適合睡覺的地方時，對他而言，赤裸的岩石就是一張最好的床，松樹的樹根就是最棒的枕頭。他的身體就像是鐵打的一樣。因此，風霜雨雪也絕對難不倒他。

他才剛躺下來，就有一位樵夫扛著斧頭和一大捆木柴順著山路走了過來。他看見回龍躺在路邊，立即停下腳步。他打量了回龍好一會兒之後，才用驚訝的語氣問他說：「你究竟是何方神聖啊？怎麼敢一個人睡在這種地方呢？……這附近常有妖魔鬼怪出沒——而且數量非常地多。難道你不怕妖魔鬼怪嗎？」

回龍語帶輕鬆地回答他：「我的朋友！我只不過是一位雲水僧人。所以一點兒也不怕那些妖魔鬼怪——管他是狡猾的狐狸妖；還是百變的狸貓怪或是其他的妖怪也無所懼呢。我反而喜歡荒涼偏僻的地方，這種地方最適合冥想。我這個人已經習慣以天地為床，況且為了達到不掛念自身生命安危的境界，我一直持續不斷地修行淬鍊至今呢！」

「您竟然敢在這種地方休息，想必一定是位異常勇敢的僧人。這個地方風評很差——是個非常糟糕的地方。正所謂：『君子不近危』。老實說，您在這種地方休息是很危險的事。雖然我家是一間非常破舊的草屋，但我懇切地拜託您，隨我一起前往寒舍吧。雖然沒有什麼可以果腹的食物可以招待您。不過，有個屋頂可以遮風避雨的，總是可以睡得比較安穩嘛！」

眼見那男子如此熱心的勸說，回龍對他親切的談吐舉止也甚為欣賞，於是答應了樵夫謙遜的邀約。樵夫帶領著回龍，走向道路旁邊岔開的山林小徑，朝著山頂往上爬。沿途都是凹凸不平的險峻山路——時而經過懸崖邊緣；有時腳下可以踩的地方就只有盤根錯節又容易滑倒的樹根而已；有時得攀爬在尖銳陡峭的大岩石上；有時又得穿梭在巨岩之間的隙縫中匍匐前進。好不容易，回龍終於走到山頂上一處平坦的地方。一輪滿月照著他的頭頂。定睛一看，一間很小的草屋就座落在自己眼前，從屋內流瀉出溫暖的燈光。樵夫帶他從後門進去，那裡有架設竹水管從附近的河流取水，所以兩人先在那裡洗腳。小屋的對面是菜園，緊鄰著菜園則是一整片竹林和杉木森林。然後在森林的另一邊，有一道從高處傾瀉而下的瀑布閃著微光，看起來就像一件長白色的衣服，在月光中擺動著。

當回龍和帶他回來的樵夫一起走進小屋時，看見屋內有四位男女正圍著小火爐在烤手取暖。他們很有禮貌地向僧人行禮，並用非常恭敬的態度跟他打招呼。回龍感到非常訝異，沒想到住在如此荒山野地的貧窮人家，還懂得如此高雅的招呼用語。他心想：「這些人都是好人。」「想必這些用語他們一定是向某位熟悉禮儀的人士學來的。」聽其他人都稱樵夫為「主公」。於是回龍便對那位主人說道：「從如此和善的言詞及受到大家如此親切的款待來看，在下不認為您一開始就是一位樵夫。想必您以前應該是一位很有身分地位的仕紳吧！」

樵夫微笑著回答他說：「是的，您說得沒錯。就如同眼前您所看到的，雖然我們現在過的生活，但是我以前可

是一位很有身分地位的人。我這輩子都是因為自作自受，才會讓自己變得如此落魄。我原本追隨某位諸侯，還曾經擔任要職。但我卻因為過度沉溺於酒色，喪失心志，因而種下惡因、犯下惡業。因為自己的任性胡為，導致家破人亡，還奪走了許多人的性命。如今遭到了報應，讓我成了一位亡命之徒，所以才長期待在這塊土地上。如今我只祈願能夠消彌我的罪孽，重新恢復祖先的美名，振興家業。但是，我好像連那一點願望都無法達成。不過，現在我只想真心懺悔，盡量去幫助那些不幸的人們，希望能夠替自己贖罪。」

聽到主人這番真心的告白，回龍很高興地對他說道：

「我過去見過一些人，雖然在年輕時做過一些荒唐事，但後來都真心悔過，熱心助人，做了很多善事。此外，經書上也有提到說：即使是罪大惡極的人，只要有決心改過的話，也能夠樂施行善。無庸置疑的，您是一位心地善良的人。因此我也很樂意讓好運能夠降臨在您身上。今晚我會替您誦經祈福，祈願您獲得加持的力量，以戰勝過去所做的惡業。」

回龍說完這些話之後，便向主人說：「晚安！」主人帶他進入一間很小的房間，那裡有鋪著一張床。之後，所有人也都去睡了，只有回龍在紙燈籠的燈光旁，開始誦經。他心無旁鶩地誦經直到深夜。之後，他打開這間小寢室的窗戶，想趁著就寢前，眺望一下窗外的景色。夜色很美，天空無雲，也無風。在皎潔月光的映照下，樹影清晰可見，庭院的露珠上，閃著璀璨的月光。螽斯和鈴蟲所發出的叫聲，形成喧囂的音樂。附近的瀑布聲，在夜深人靜中顯得更深沉。

回龍一聽見水聲，頓時覺得口渴。他想起屋後有接水用的竹管，因為怕擾人清眠，所以打算走到屋外取水飲用。於是他悄悄地拉開紙門。在燈光下，他看見五人倒臥的身軀，但每個人都沒有頭！

他立刻聯想到——這該不會是一樁謀殺案吧？他愣了一下，呆呆地站在那裏。不過，接下來他發現地面上並沒有任何的血跡，還有頸部看起來也不像是被人砍斷頭的樣子。於是他心想：「這該不會是妖怪的化身？要不然就是自己被誘拐到斷頭妖怪的家中。……在《搜神記》一書中有記載說：如果發現只有身體而沒有頭的斷頭妖怪，只要把他的身體移到別處去的話，那麼他的頭就再也無法回到他的身體裡了。而且書中還提到，當妖怪的頭回來發現自己的身體不見時，他的頭就會像毽球一樣，一邊彈跳，一邊猛力撞擊地面三次，然後發出非常恐怖的喘息聲，隨即不久就會死掉。話說回來，如果這些人都是斷頭妖怪的話，那麼他們就會帶來禍害。所以即使按照書上說的去做，想必也沒有什麼大礙吧！……。」

於是他便抓住主人的腳，把他拖到窗戶，再把他的身體推出窗外。然後，走到後門一看，發現門是關上的。因此，他猜想他們的頭一定是從屋頂的煙囪飛出去的。於是回龍悄悄地把門打開，走到庭院，然後小心翼翼地往森林的方向前去。他聽見森林裡有人交談的聲音，於是他穿梭在樹影之間，朝著聲音的地方走去，直到找到一處可以藏身的好地方為止。他躲在一棵大樹幹後面，看到有頭在空中飛翔，而且還是五顆聚在一起，一面盤旋，一面談天說笑。那些頭正吃著在地面上和樹林之間捕捉到的昆蟲。不久，那顆主人的頭停止進食，開口說道：

「今天晚上來的那位僧人，可不是一身肥滋滋的嗎？相信只要把他吃了，大家應該就可以飽餐一頓了吧！……都怪我多嘴，說了那些愚蠢的廢話，所以才讓他說要為我的靈魂誦經祈福。他誦經時我們無法接近他，他在唸佛號時我們也無法下手。不過，現在天已經快亮了，想必他應該已經睡了吧！……你們誰回去查看一下，看那傢伙在做什麼。」

話一說完，有一顆頭——年輕女子的頭——隨即竄出，像蝙蝠般輕巧地朝著小屋的方向飛去。經過幾分鐘之後才返回，用驚慌失措、嘶啞的嗓音，大聲喊說：

「那個僧人不在屋內！人早已離開，不知去向了！不只是這樣，更糟糕的是，他還把主人的身體給帶走了，不知道放在什麼地方。」

主人一聽到這個消息，他的頭頓時露出猙獰的面目，在月光下清晰可見。只見他瞪大眼睛、頭髮倒豎、咬牙切齒。然後從雙唇之間，迸發出一聲淒厲的怒吼，一面流下憤怒的眼淚，一面大聲咆哮說：

「既然我的身體已經被移走了，那我就再也無法恢復原樣了。這下我非死不可了。……這一切都是那位僧人搞的鬼。所以在我死前，

我一定要撲在他身上，把他給撕成碎片，再把他啃得精光！……啊！他人就在那裡，在那棵樹後面，就躲在那棵樹的後面。就是那個，那個癡肥的膽小鬼！……」。

就在說完這些話的同一時間，主人的頭率領其他四顆頭，一起朝著回龍的藏身處飛撲上去。但是，壯碩的僧人扯斷手邊的幼樹枝當作武器，用驚人的力氣，揮棒痛毆那些頭顱，把他們打到落花流水，無法逼近一步。結果四顆頭顱逃竄而去。但是，只有那顆主人的頭，無論回龍怎麼狂打他，他就是不肯罷休，死命地撲向回龍，最後緊咬住他左邊的衣袖不放。只不過，回龍也不甘示弱地迅速抓住他的髮髻，把他的頭打得很慘。但那顆頭就是怎麼也不肯放開衣袖。可是，就在他發出一聲長長的呻吟之後，他就放棄掙扎了，隨後不久也死了。但他

的牙齒仍然緊咬著衣袖。然而，縱使回龍已經用盡全身的力氣，至終也無法把他的下巴給扳開。

回龍只好任由那顆頭顱懸掛在衣袖上，直接轉身返回小屋了。他看見四顆滿目瘡痍，到處血流不止的頭顱已經回到他們的身軀，並且坐在那裡。當他們認出回龍正要從後門進來時，齊聲大叫：「僧人來了！僧人來了！」接著便紛紛起身，從另一邊的大門衝出去，朝著森林的方向逃之夭夭。

眼看東方既白，天色已經逐漸亮了。回龍知道妖怪的力量也只限於漆黑的夜晚才能發揮作用。他看著掛在他衣袖上的那顆頭顱，滿臉髒污，充滿了血水泡沫和污泥。他心想：「妖怪的頭顱——這算哪門子的伴手禮啊！」於是哈哈大笑幾聲。然後，他收拾少許的隨身行李，緩緩地走下山，繼續他的行腳旅程。

回龍隨即繼續踏上旅途，不久之後他來到了信州的諏訪。只見他手肘上掛著一顆頭顱，昂首闊步地走在諏訪的大馬路上。女人看到之後當場嚇昏；小孩子則是驚叫逃竄。因為引起太多群眾的圍觀和騷動，捕快立刻出動，將回龍逮捕抓進牢房裡關了起來。因為捕快認為那顆頭肯定是被回龍殺害的被害人的頭，是對方被殺時緊咬住他的衣袖死不放開的。回龍在被審問時，只是笑而不答。然後，他就在牢房裡被關了一個晚上之後，被帶到當地的官員面前。官員命令他解釋一下，身為一位僧人，為何膽敢在衣袖上掛著一顆人的頭顱，還大喇喇地在眾人面前厚顏無此地炫耀自己的罪惡。

面對這樣的質問，回龍回以一聲長笑，然後才接著說：

「各位，並非貧僧在衣袖上刻意掛著一顆頭顱，而是這顆頭顱自己來咬住我的衣袖不放的，愚僧也為此感到極大的困擾。而且，愚僧也沒有犯任何的罪。這不是人類的頭顱，而是妖怪的頭顱。更何況我也是為了保護自身的安全，採取必要手段的自衛措施，才導致這個妖怪死亡，並非我動手見血殺了他的。」……隨後他進而提到這段旅程中發生的所有冒險經歷，在提及與五個頭顱對戰廝殺的過程時，說完之後他又大笑了一聲。

不過，官員們卻個個面色凝重，笑不出來。他們認為回龍是一位大膽狂妄、冥頑不靈的罪人，說這個故事簡直是在侮辱人。因此，這些官員們認為根本就沒有必要再多加調查，馬上一致決議要判處他死刑。但其中唯獨一位老人反對。這位老人在審問的過程中，完全不發一語，直到聽完同僚們的意見之後，這才起身說道：「首先，我們應該要仔細檢查那顆頭顱吧！因為根本就還沒有完成調查手續嘛！如果這位僧人所說屬實的話，那麼只要查看一下頭顱便知道了。……去把那顆頭顱給拿過來這裡。」。

於是，那顆附在衣袖上的頭顱，從回龍背上被取了下來，放在審判官員們的面前。老人拿著那顆頭顱轉動好幾次，仔細地查看。發現在頸部地方有好幾個很不尋常的紅色記號。他提醒同事們注意這點。此外，他還讓大家看清楚，在脖子的地方完全沒有被刀砍斷的傷痕。反倒是發現頸部的斷面異常地光滑，宛如落葉從莖幹自然脫落一樣。……因此，老人說：

「我只能認定這位僧人所說的事應是事實。這個就是轆轤首。根據《南方異物誌》一書中的記載，真正的轆轤首，通常在脖子上可以找到一種紅色的文字。那裡就有紅色的文字戳記。而且一看就知道，那些記號並不是後來才畫上去的。而且，聽說自古以來在甲斐國的山中就住著這種妖怪，這是眾所皆知的事。……」「只不過，」老人轉頭對著回龍，大聲喊說：「你還真是一位膽識過人的出家人。你這種勇氣，在出家人中的確是非常罕見的。與其說你是一位出家人，倒不如說你更具有武士的風範。想必你在出家前，應該是一位武士吧！」

回龍回答他說：「是的！一切如同您的觀察。不瞞您說，我在剃髮出家之前，的確當過武士，與弓箭為伍了很長的一段時間。當時，無論是人還是妖魔鬼怪我都不怕。我出家前的俗名叫作九州磯貝平太左衛門武連，或許你們當中還有人記得這個名字。」

他一報出自己的俗名，法庭內頓時揚起一陣讚嘆聲，因為很多在場人士大多還記得這個名字。於是這些官員們隨即視他為盟友，待他如兄弟般親切，紛紛表示對他的欽佩。還恭恭敬敬地護送他到諸侯的官邸。回龍在那裡受到各種熱情的款待和得到許多賞賜後，好不容易才被允許告辭離席。當滿載榮耀，風光不已的回龍離開諏訪時，眾人咸認為：在這個世事無常，束縛萬千的俗世紅塵裡，再找不到一位比他更幸福的僧侶了！至於那顆頭顱，他還是隨身帶在身上——戲稱說是要留下來當作紀念品。

至於那顆頭顱最後的下場如何，請容我在此先賣個關子。

當回龍離開諏訪一、兩天之後，行經荒郊野外時，被一位搶匪攔阻下來，搶匪命他脫掉身上的衣物。回龍立刻把衣服脫下來，交給搶匪。這時搶匪才發現掛在衣袖上的東西。這種情景就連專門扒光行人衣物的凶惡搶匪也嚇了一大跳。只見他急忙甩掉衣服，退避三舍，隨後大叫說：「哎呀！你這是哪門子的驚世和尚啊！簡直比我還要窮凶惡極嘛！不瞞你說，我以前也曾經殺過人，但是把人頭掛在衣袖上行走，這種事我還不曾幹過呢！……太好了！和尚，看來你我都是同路人，專門幹同樣的勾當，我對你真是佩服得五體投地啊。話說回來，這顆頭顱好像對我也挺有幫助的，我要拿它來嚇唬人。不如你就賣給我吧！我願意拿我的衣服跟你這件衣服交換，並且再出五兩銀子買下這顆頭顱。」。

回龍回答他說：「如果你堅持非要不可的話，我可以把頭顱和衣服都讓給你。不過，其實這可不是人類的頭顱；而是妖怪的頭顱。所以你買了之後，要是因此而出了什麼麻煩的話，你可別怪說是我欺騙了你。」

搶匪大喊說：「你這和尚還真有意思耶！殺了人還開玩笑……但我是認真的。來吧！衣服在這裡，還有錢放在這裡。——然後呢，把頭給我吧！……可千萬不要再說笑了。」

「好吧！那你就拿去吧！」回龍說道：「我一點也沒有要跟你開玩笑的意思。要是日後萬一發生什麼怪事的話，你就只能怪自己蠢、腦筋壞掉，才會花大錢去買一顆妖怪的頭回來囉！」然後回龍哈哈大笑後便離開了。

於是搶匪便帶著大費周章才得手的頭顱和僧衣，轉身化為妖僧，繼續周遊各地四處行搶。但是當他來到諏訪附近時，聽到了有關那顆頭顱的真實傳聞。之後，突然開始害怕妖怪的亡靈會作祟詛咒他，於是便下定決心把那顆頭顱帶回他原來的住處和他的身體埋在一起。他雖然找到了前往甲斐山中的那間偏僻小屋的小路，但那渺無人煙，而且也找不到那具頭顱的軀體。因此他只好把斷頸妖怪的頭埋在小屋後面的森林。同時還為轆轤首的亡靈辦了布施餓鬼的超渡法會。而那座以轆轤首塚而聞名的墳墓，至今還可以看得到。（總之，這是日本作者的公開說法。）

譯註

❶「轆轤首」分成二種，一是長頸妖怪，特徵是脖子可以伸縮自如；一是斷頸妖怪，特徵是頭首與身軀會分離。兩者均常以女性的形象出現。本篇的「轆轤首」指的是斷頸妖怪。

❷公元一四三八年發生在關東地區的戰亂。鎌倉幕府的足利持氏背叛室町幕府。

導讀 被埋葬的秘密

靜岡英和學院大學准教授・蔡佩青

小泉八雲的怪談並非原創作品，而是取材日本民間傳說加以改寫，其中包括了許多內容單調或不知名的故事，但是經過小泉八雲之手，就像將剛從市場買來的食材調理成美味佳餚並精心裝盤上桌一般，故事的主題變得更為明確，內容也變得更生動有趣。比較「原話」（小泉八雲所取材的民間傳說）與「再話」（小泉八雲所改寫與重述的故事）的內容，可以得知小泉八雲在改寫故事時做了多少加工。最明顯的是幾乎所有故事的篇幅都增加了，但那並非因為用英文來描述有關日本的事物時，必須加以更多的解釋說明；而是為了讓單純乏味的鄉野傳奇成為具有完整布局、情節發展的文學作品。

唯獨〈被埋葬的秘密〉❶，小泉八雲剪掉了原故事開頭一大段有關烈女的訓誡陳述，並省略了女主角阿園在京都修得了哪些教養以及如何因病而亡的瑣碎鋪陳，毫不猶豫地把整個敘事時間直接拉到阿園死後的空間裡，讓原本就篇幅不長的故事變得更簡短。此外，小泉八雲還稍稍調整了幾個細節。先是將第一個發現阿園幽魂的人，從家族親人改成阿園的小兒子；其次是阿園藏在抽屜裡的情書，從數十封改成一封；最後是和尚燒掉情書時，原故事描述了阿園的幽魂再次現身，藉由和尚的導引終能往生。小泉八雲捨棄了這些生硬的教訓寓意，只淡淡地一句「But the priest alone knew what was in it, and the secret died with him.（知道情書內容的只有和尚一人，而這個祕密也隨著和尚的死而被埋葬。）」這幾項加工成功地抹去了讀者對阿園的不貞印象，讓此故事成為小泉八雲怪談中最溫馨的小品。

綜觀小泉八雲對女性的描寫，不難發現他對日本女性所懷抱的特殊情感。那是一種極為溫柔的表現，不論是雪女對巳之吉和子女的留戀，或是阿園死後首次現身是在小兒子面前，都可以感受到他極為重視家庭溫暖。而僅有的一封情書表達的是一種少女純真無邪初懷愛戀的心情。這些對於女性或家族親人間的細膩描繪，是小泉八雲自身真實的體驗，也是他寄予日本這個國家的情懷。小泉八雲在初識妻子時，曾在寫給友人Basil Hall Chamberlain的書簡中提到：「日本女性是多麼溫柔啊——日本人出自於善的一切，都凝聚在女性身上。」或許因為他對妻子的深摯情感，而不忍故事總是過度強調女性的執著和邪心，於是轉而藉由怪談將屬於東洋女性的靦腆溫柔傳達給西方國家。

不僅如此，若閱讀原文，會發現此故事中還隱藏了許多小泉八雲想要傳達的日本印象。比如故事舞台中最重要的大型道具——「簞笥（tansu）（抽屜衣櫃）」❷，從頭到尾都以羅馬拼音表示，既不翻譯成相對的英文也不加註任何說明。讀者只能從故事情節中去想像「tansu」的形狀和用途，有層層的抽屜、用來收納和服和飾品、抽屜裡或許習慣貼上防塵紙，並且從阿園站著注視的畫面來看，「tansu」的高度應該不低於腰部。又比如原故事中並沒有明確說明阿園的幽魂何時出現，小泉八雲卻刻意指明「the Hour of the Rat（子時）」。這些日本特有的詞彙（也是文化），在西洋讀者的眼裡簡直是霧裡看花，只能憑空想像太平洋那頭的東方神秘世界，而這或許就是小泉八雲的真正用意。

此外，有趣的是，故事的原文標題為「the dead secret」，不只呼應了阿園以及和尚的「死」，也隱喻了原文的另一個含意——極機密事件。

註

❶〈被埋葬的秘密〉取材自《新撰百物語》（一七六六年）卷三「紫雲たな引密夫の玉章（しうんたなびくみつふのたまづさ）」。「玉章」是書信之意。

❷「簞笥」一詞最早出現於室町中期（十五世紀初），當時似乎是指書櫃的一種。直到江戶後期（十九世紀初）才逐漸被利用為收納衣物的家具。

原文鑑賞

葬《ほうむ》られたる秘密《ひみつ》

小泉八雲《こいずみやくも》（戸川明三訳）

32

むかし丹波《たんば》の国《くに》に稲村屋源助《いなむらやげんすけ》という金持《かねも》ちの商人《しょうにん》が住《す》んでいた。この人《ひと》にお園《その》という一人《ひとり》の娘《むすめ》があった。お園《その》は非常《ひじょう》に怜悧《れいり》で、また美人《びじん》であったので、源助《げんすけ》は田舎《いなか》の先生《せんせい》の教育《きょういく》だけで育《そだ》てる事《こと》を遺憾《いかん》に思《おも》い、信用《しんよう》のある従者《じゅうしゃ》をつけて娘《むすめ》を京都《きょうと》にやり、都《みやこ》の婦人達《ふじんたち》の受《う》ける上品《じょうひん》な芸事《げいごと》を修業《しゅぎょう》させるようにした。こうして教育《きょういく》を

受《う》けて後《のち》、お園《その》は父《ちち》の一族《いちぞく》の知人《ちじん》——ながらやと云《い》う商人《しょうにん》に嫁《かたづ》けられ、ほとんど四年《よねん》の間《あいだ》その男《おとこ》と楽《たの》しく暮《くら》した。二人《ふたり》の仲《なか》には一人《ひとり》の子《こ》——男《おとこ》の子《こ》があった。しかるにお園《その》は結婚後四年目《けっこんごよねんめ》に病気《びょうき》になり死《し》んでしまった。

その葬式《そうしき》のあった晩《ばん》にお園《その》の小《ちい》さい息子《むすこ》は、お母《かあ》さんが帰《かえ》って来《き》て、二階《かい》のお部屋《へや》に居《い》たよと云《い》った。お園《その》は子供《こども》を見《み》て微笑《ほほえ》んだが、口《くち》を利《き》きはしなかった。それで子供《こども》は恐《こ》わくなって逃《に》げて来《き》たと云《い》うのであった。そこで、一家《いっか》の内《うち》の誰《だ》れ彼《か》れが、お園《その》のであった二階《にかい》の部屋《へや》に行《い》ってみると、驚《おどろ》いたことには、その部屋《へや》にある位牌《いはい》の前《まえ》に点《とも》された小《ちい》さい灯明《とうみょう》の光《ひか》りで、死《し》んだ母《はは》なる人《ひと》の姿《すがた》が見《み》えたのである。お園《その》は箪笥《たんす》すなわち抽斗《ひきだし》になっている箱《はこ》の前《まえ》に立《た》っているらしく、その箪笥《たんす》にはまだお園《その》の飾《かざ》り道具《どうぐ》や衣類《いるい》が入《はい》ってい

33

たのである。お園《その》の頭《あたま》と肩《かた》とはごく瞭然《はっきり》見《み》えたが、腰《こし》から下《した》は姿《すがた》がだんだん薄《うす》くなって見《み》えなくなっている——あたかもそれが本人《ほんにん》の、はっきりしない反影《はんえい》のように、また、水面《すいめん》における影《かげ》の如《ごと》く透《す》き通《とお》っていた。

それで人々《ひとびと》は、恐《おそ》れを抱《いだ》き部屋《へや》を出《で》てしまい、下《した》で一同《いちどう》集《つど》って相談《そうだん》をしたところ、お園《その》の夫《おっと》の母《はは》の云《い》うには『女《おんな》というものは、自分《じぶん》の小間物《こまもの》が好《す》きなものだが、お園《その》も自分《じぶん》のものに執著《しゅうじゃく》していた。たぶん、それを見《み》に戻《もど》ったのであろう。死人《しにん》でそんな事《こと》をするものもずいぶんあります——その品物《しなもの》が檀那寺《だんなでら》にやられずにいると。お園《その》の著物《きもの》や帯《おび》もお寺《てら》へ納《おさ》めれば、たぶん魂《たましい》も安心《あんしん》するであろう』で、出来《でき》る限《かぎ》り早《はや》く、この事《こと》を果《はた》すという事《こと》に極《き》められ、翌朝《よくあさ》、抽斗《ひきだし》を空《から》にし、お園《その》の飾《かざ》り道具《どうぐ》や衣裳《いしょう》はみな寺《てら》に運《はこ》ばれた。しかしお園《その》はつぎの夜《よる》も帰《かえ》って来《き》て、前《まえ》の

34

通《とお》り箪笥《たんす》を見《み》ていた。それからそのつぎの晩《ばん》も、つぎのつぎの晩《ばん》も、毎晩帰《まいばんかえ》って来《き》た——ためにこの家《いえ》は恐怖《きょうふ》の家《いえ》となった。

お園《その》の夫《おっと》の母《はは》はそこで檀那寺《だんなでら》に行《い》き、住職《じゅうしょく》に事《こと》の一伍一什《いちごいちじゅう》を話《はな》し、幽霊《ゆうれい》の件《けん》について相談《そうだん》を求《もと》めた。その寺《てら》は禅寺《ぜんでら》であって、住職《じゅうしょく》は学識《がくしき》のある老人《ろうじん》で、大玄和尚《たいげんおしょう》として知《し》られていた人《ひと》であった。和尚《おしょう》の言《い》うに『それはその箪笥《たんす》の内《うち》か、またはその近《ちか》くに、何《なに》か女《おんな》の気《き》にかかるものがあるに相違《そうい》ない』老婦人《ろうふじん》は答《こた》えた——『それでも私共《わたくしども》は抽斗《ひきだし》を空《から》にいたしましたので、箪笥《たんす》にはもう何《なに》も御座《ござ》いませんのです』——大玄和尚《たいげんおしょう》は言《い》った『宜《よろ》しい、では、今夜拙僧《こんやわたし》が御宅《おたく》へ上《あが》り、その部屋《へや》で番《ばん》をいたし、どうしたらいいか考《かんが》えてみるで御座《ござ》ろう。どうか、拙僧《わたし》が呼《よ》ばる時《とき》の外《ほか》は、誰《だれ》も番《ばん》を致《いた》しておる部屋《へや》に、入《はい》らぬよう命《めい》じておいていただきたい』

日没後《にちぼつご》、大玄和尚《たいげんおしょう》はその家《いえ》へ行《い》くと、部屋《へや》は自分《じぶん》のために用意《ようい》が出来《でき》ていた。和《お》

尚《しょう》は御経《おきょう》を読《よ》みながら、そこにただ独《ひと》り坐《すわ》っていた。が、子《ね》の刻過《こくす》ぎまでは、何《なに》も顕《あらわ》れては来《こ》なかった。しかし、その刻限《こくげん》が過《す》ぎると、お園《その》の姿《すがた》が不意《ふい》に箪笥《たんす》の前《まえ》に、いつとなく輪廓《りんかく》を顕《あらわ》した。その顔《かお》は何《なに》か気《き》になると云《い》った様子《ようす》で、両眼《りょうがん》をじっと箪笥《たんす》に据《す》えていた。

和尚《おしょう》はかかる場合《ばあい》に誦《じゅ》するように定《さだ》められてある経文《きょうもん》を口《くち》にして、さてその姿《すがた》に向《む》かって、お園《その》の戒名《かいみょう》を呼《よ》んで話《はな》しかけた『拙僧《わたし》は貴女《あなた》のお助《たす》けをするために、ここに来《き》たもので御座《ござ》る。定《さだ》めしその箪笥《たんす》の中《なか》には、貴女《あなた》の心配《しんぱい》になるのも無理《むり》のない何《なに》かがあるのであろう。貴女《あなた》のために私《わたし》がそれを探《さが》し出《だ》して差《さ》し上《あ》げようか』影《かげ》は少《すこ》し頭《あたま》を動《うご》かして、承諾《しょうだく》したらしい様子《ようす》をした。そこで和尚《おしょう》は起《た》ち上《あが》り、一《いち》番上《ばんうえ》の抽斗《ひきだし》を開《あ》けてみた。が、それは空《から》であった。つづいて和尚《おしょう》は、第二《だいに》、第三《だいさん》、第四《だいよん》の抽斗《ひきだし》を開《あ》けた――抽斗《ひきだし》の背後《うしろ》や下《した》を気《き》をつけて探《さが》した――箱《はこ》の内部《ないぶ》を気《き》をつけて調《しら》べてみた。が何《なに》もない。しかしお園《その》の姿《すがた》は前《まえ》と同《おな》じように、気《き》にかかると云《い》っ

たようにじっと見《み》つめていた。『どうしてもらいたいと云《い》うのかしら?』と和尚《おしょう》は考《かんが》えた。が、突然《とつぜん》こういう事《こと》に気《き》がついた。抽斗《ひきだし》の中《なか》を張《は》ってある紙《かみ》の下《した》に何《なに》か隠《かく》してあるのかもしれない。と、そこで一番目《いちばんめ》の抽斗《ひきだし》の貼《は》り紙《がみ》をはがしたが——何《なに》もない! 第二《だいに》、第三《だいさん》の抽斗《ひきだし》の貼《は》り紙《がみ》をはがしたが——それでもまだ何《なに》もない。しかるに一番下《いちばんした》の抽斗《ひきだし》の貼《は》り紙《がみ》の下《した》に何《なに》か見《み》つかった——一通《いっつう》の手紙《てがみ》である。『貴女《あなた》の心《こころ》を悩《なや》ましていたものはこれかな?』と和尚《おしょう》は訊《たず》ねた。女《おんな》の影《かげ》は和尚《おしょう》の方《ほう》に向《むか》った——その力《ちから》のない凝視《ぎょうし》は手紙《てがみ》の上《うえ》に据《す》えられていた。『拙僧《わたし》がそれを焼《や》き棄《す》てて進《しん》ぜようか?』と和尚《おしょう》は訊《たず》ねた。お園《その》の姿《すがた》は和尚《おしょう》の前《まえ》に頭《あたま》を下《さ》げた。『今朝《けさ》すぐに寺《てら》で焼《や》き棄《す》て、私《わたし》の外《ほか》、誰《だれ》にもそれを読《よ》ませまい』と和尚《おしょう》は約《やく》束《そく》した。姿《すがた》は微笑《びしょう》して消《き》えてしまった。

和尚《おしょう》が梯子段《はしごだん》を降《お》りて来《き》た時《とき》、夜《よる》は明《あ》けかけており、一家《いっか》の人々《ひとびと》は心《しん》配《ぱい》して下《した》で待《ま》っていた。『御心配《ごしんぱい》なさるな、もう二度《にど》と影《かげ》は顕《あらわ》れぬから』と和尚《おしょう》は一同《いちどう》に向《む》って云《い》った。果《はた》してお園《その》の影《かげ》は遂《つい》に顕《あらわ》れなかった。

手紙《てがみ》は焼《や》き棄《す》てられた。それはお園《その》が京都《きょうと》で修業《しゅぎょう》していた時《とき》に貰《もら》った艶書《えんしょ》であった。しかしその内《うち》に書《か》いてあった事《こと》を知《し》っているものは和尚《おしょう》ばかりであって、秘密《ひみつ》は和尚《おしょう》と共《とも》に葬《ほうむ》られてしまった。

被埋葬的秘密

小泉八雲

從前在丹波國❶住著一位很有錢的商人名叫稻村屋源助，他有一位女兒名叫阿園。阿園不但非常地聰明伶俐，同時也是一位美人。源助覺得只讓女兒接受鄉下老師的教育也未免太可惜了。於是派了幾位可靠的隨從，護送女兒到京都，打算讓她學習京都婦女們所受到的高雅傳統技藝教育的薰陶。就這樣學成之後，阿園嫁給了父親那邊族人的友人——名叫長良屋的商人。阿園和那男子在一起渡過了將近四年的快樂時光。兩人生下了一個小孩——是個男孩子。然而，阿園卻在婚後的第四年因病過世了。

就在喪禮過後的當天晚上，阿園年幼的兒子說他有看見母親回來，就在二樓的房間。阿園看著兒子，面露微笑，但卻沒有開口說話。孩子因為害怕，所以跑下樓來。於是家人便跑到二樓阿園的房間去查看，結果令人驚恐的是，就在該房間阿園的牌位前所點的一盞小燈的燈光下，竟然看到剛死去的身為人母的身影。阿園似乎就站在衣櫃也就是抽屜的箱子前面。那個衣櫃裡面曾經擺放一些阿園生前使用的首飾和衣服。雖然可以清楚地看到阿園的頭和肩膀，但是腰部以下的身影卻逐漸模糊，完全看不見，彷彿就像是她本人

模糊的影子一樣，又像是浮在水面上的影子一樣透明。

因此，所有人看到後都害怕地奪門而出。大家聚集在樓下商量。阿園的婆婆開口說道：「女人啊！都喜歡自己收藏的一些小東西。我想阿園大概也是眷戀自己的東西，所以才會回來查看吧！很多去世的人都會這樣，不把那些物品送去佛寺，恐怕不行呀。相信只要把阿園的和服和腰帶等衣物送去寺院供奉的話，她的靈魂就能獲得安息吧！」

因此，家人決定要盡快解決這件事。於是隔天早上，抽屜就被清空，阿園的各項首飾物品和衣物都被送去寺院。不過，到了隔天晚上，阿園的鬼魂還是回來了，就像之前那樣，依然望著那座衣櫃。然後，接下來的晚上，再隔天的晚上，接著之後的每一個夜晚，她都有回來，因此，這個家已變成了一個恐怖之家。

於是阿園的婆婆便前往家族固定參拜的寺

院，把家中出現阿園鬼魂的事情，一五一十地告訴住持，尋求解決之道。該寺院是一間禪寺。住持是一位學識豐富的老人，也就是非常有名的大玄和尚。大玄和尚告訴她說：「我想在那個衣櫃裡或那附近，一定有某個讓她掛念的東西。」老婦人回答：「可是，我們已經把抽屜清空了，衣櫃裡面已經是空無一物了。」大玄和尚說：「好吧！那貧僧今晚就去府上一趟，留守在那間屋內，思考看看該怎麼做才好。不過，請您囑咐您的家人，在貧僧留守屋內時，除非聽見貧僧的傳喚，否則任何人都不可以進來。」

太陽下山之後，大玄和尚便前往阿園家，房間也已經安排妥當。和尚一邊誦經，一邊獨自坐在屋內。在未過子時之前，並沒有任何東西出現。但等到子時一過，阿園的身影突然出現在衣櫃前面，在不知不覺當中現身而出。臉上似乎透露出對某樣東西很在意的表情，只見她的雙眼一直盯著衣櫃。

於是和尚口中不斷唱誦在這種情況下必須誦持的某經文，然後對著阿園的身影，喊阿園的戒名，對她說：「貧僧來此的目的，是為了要幫助妳。想必衣櫃內一定有讓妳牽腸掛肚，無論如何也放不下心的物品吧？為了幫助妳，請讓我來把它找出來吧！」只見阿園的身影稍微點點頭，似乎是同意的樣子。

於是和尚便起身，打開最上層的抽屜來看，但裡面是空

的。和尚接連著打開第二層、第三層、第四層抽屜，小心翼翼地查看抽屜的背面或底下，就連箱子的內部也細心地檢查過，可是都找不到任何東西。但是阿園卻和之前一樣，還是一副很擔心的表情注視著衣櫃。和尚心想：「她到底想要人家幫她做些什麼呢？」不過，他突然察覺到一件事，那就是或許包覆抽屜板的貼紙下有藏著什麼東西。

於是他先撕開第一層抽屜的貼紙，結果裡面沒有東西。於是又撕開第二層、第三層抽屜的貼紙，還是沒有任何東西。然而，等他撕開最底層抽屜的貼紙時，才發現底下好像有個東西——原來是一封信。和尚問阿園說：「這就是讓你苦惱不已，放不下心的東西嗎？」阿園的影子面對著和尚，用微弱的眼神目不轉睛地注視著那封信。和尚問她說：「讓貧僧來幫妳把這封信燒掉好嗎？」阿園的身影對著和尚鞠躬道謝。和尚向她承諾說：「我今天一早就會立刻帶去寺院燒掉，

而且除了我之外，絕對不會讓任何人讀到這封信。」只見阿園微微一笑，便消失不見了。

當和尚走下樓梯時，天色也已經亮了。全家人都很擔心地在樓下等待。和尚對他們說：「你們不必擔心了，她的鬼魂不會再出現了。」果然從此之後，阿園的鬼魂就再也沒有出現了。

那封信被燒掉了。那是阿園在京都習藝時收到的情書。至於信的內容寫些什麼，只有和尚知道而已。但隨著和尚的去世，這個秘密也一起被埋葬掉了。

譯註

❶ 即現在京都府中部以及兵庫縣東北部的地區。

靜岡英和學院大學准教授・蔡佩青

改寫既有的民間傳說，日文稱為「再話」（中文命名為「重述」）。這樣的改編或記錄出版，往往只侷限在某個地域，一直以來被視為只是一種單純的地方傳承。比如「雪女（ゆきおんな）」或「無臉怪（のっぺらぼう）」等自古以來流傳各地的鬼怪，原本只是家人或族人之間代代口耳相傳的民間傳說，並沒有完整的故事情節，小泉八雲《怪談》的問世，終於使這些流浪的鬼怪躍身成為故事的當紅主角。同時，日本文學界也透過小泉八雲改寫的故事，重新認識既存於古典文學中對各種「靈異現象（Strange Things）」的解讀。而現在，小泉八雲的「再話」正式成為一種受矚目的文學樣式了。比較文學研究者牧野陽子在她的著作『「時」をつなぐ言葉——ラフカディオ・ハーンの再話文学』中提到，小泉八雲的重述故事顛覆了過往的文學理念，那是一種與近代西歐文學重視作者的創新價值完全不同的手法；而他的「重述文學」得以自樹一格，獲得認同的最重要因素，則來自他與日本這個國家的相遇相知。

「貉」的故事，可算是小泉八雲重述文學中敘事手法相當高明的一篇。「貉」取材自《百物語》❶第三十三席，一位名為御山苔松的說書家所講述的怪談，但原故事並沒有標題。《百物語》裡收錄了整整一百篇的怪談，序文裡寫道：「自古有所謂百物語，即為點百盞燈火，每說完一則怪談便吹熄一盞燈，百盞燈火熄滅後陷入黑暗的同時，簞笥（たんす）上突然現出眼鼻——這是啥鬼東西

啊（何だんす＝何です）……」也就是說每則怪談都必須如此利用日文的同音關係，以落語❷式的詼諧手法來收場。御山苔松講述的怪談，是以自己家裡的老僕人年輕時的遭遇為題材，故事大綱大致與「貉」相似，但哭泣女子並不是無臉怪，而是一種臉部長達兩尺的長臉怪。並在故事的最後，說明這是水獺（かわうそ）搞的鬼，又說這故事決不是騙人的（獺の皮〔うそのかわ〕）。

雖然《百物語》描寫的是恐怖的怪談，但當讀者的恐懼心情觸及故事最後的笑點時，就像魔法棒輕觸僵硬的石膏像一般，瞬間就解除了整個故事的緊張氣氛。不過，這可不是小泉八雲心中理想的怪談。於是他捨棄結尾的語言遊戲，拿同樣在臉部做文章的無臉怪，巧妙地移花接木套入這則故事中，並加上一個適合和服長長袖子的嫵媚動作──「和服袖子緩緩落下，女子的手滑過自己的臉……」，像是加諸了一種咒術般，讓無臉怪的現身時刻更叫人不寒而慄。

但是讀完此故事，或許有些讀者注意到這驚悚的內容和標題之間有種格格不入的感覺。小泉八雲可能不需要「落語」式的結尾，故事也明白指出那位「had no eyes or nose or mouth（沒有眼睛鼻子嘴巴）」，整個臉看起來「like unto an Egg（像一顆蛋）」的女子的真面目其實就是貉，可是為甚麼是貉？

有人說小泉八雲刻意不用日式妖魔鬼怪之動物代表的狐或狸，是因為貉長得像狸，經常被混淆，而小泉八雲可能比較喜歡「mujina」的發音；也有研究暗示原故事的下一則怪談講的是殺貉煮湯的內容，所以可能順手拿來當標題。無論如何，小泉八雲成功地讓傳說中的無臉怪有了一個正式的主角身分。雖然日本人還是習慣「のっぺらぼう」這個稱呼，但那輕手滑過臉的動作，就像放蠱一般，至今仍是令讀者最感心驚的一張符咒令。

註

❶《百物語》：町田宗七編，一八九四年。書中實錄了一八九三年十二月二十五日於東京淺草所舉辦的百物語怪談會的內容，與會者包括當時知名的說書家、歌舞伎演員及各界文人，如初代三遊亭圓朝、四代桂文治、六代尾上梅幸等等。

❷落語：江戶時期發展盛行的一種說唱口藝，類似單口相聲。以詼諧為主要的內容的落語，通常最後必須帶出一個讓觀眾認同的笑點「おち」作為結束。

原文鑑賞

貉《むじな》

小泉八雲《こいずみやくも》（戸川明三譯）

35

東京《とうきょう》の、赤坂《あかさか》への道《みち》に紀国坂《きのくにざか》という坂道《さかみち》がある——これは紀伊《きい》の国《くに》の坂《さか》という意《い》である。何故《なぜ》それが紀伊《きい》の国《くに》の坂《さか》と呼《よ》ばれているのか、それは私《わたし》の知《し》らない事《こと》である。この坂《さか》の一方《いっぽう》の側《かわ》には昔《むかし》からの深《ふか》い極《き》わめて広《ひろ》い濠《ほり》があって、それに添《そ》って高《たか》い緑《みどり》の堤《つつみ》が高《たか》く立《た》ち、その上《うえ》が庭地《にわち》になっている、——道《みち》の他《ほか》の側《かわ》には皇居《こうきょ》の長《なが》い

宏大《こうだい》な塀《へい》が長《なが》くつづいている。街灯《がいとう》、人力車《じんりきしゃ》の時代以前《じだいいぜん》にあっては、その辺《あたり》は夜暗《よるくら》くなると非常《ひじょう》に寂《さび》しかった。ためにおそく通《とお》る徒歩者《とほしゃ》は、日没後《にちぼつご》に、ひとりでこの紀国坂《きのくにざか》を登《のぼ》るよりは、むしろ幾哩《いくり》も廻《まわ》り道《みち》をしたものである。

これは皆《みな》、その辺《あたり》をよく歩《ある》いた貉《むじな》のためである。

貉《むじな》を見《み》た最後《さいご》の人《ひと》は、約三十年前《やくさんじゅうねんまえ》に死《し》んだ京橋方面《きょうばしほうめん》の年《とし》とった商人《しょうにん》であった。当《とう》人《にん》の語《かた》った話《はなし》というのはこうである、——

36

この商人《しょうにん》がある晩《ばん》おそく紀国坂《きのくにざか》を急《いそ》いで登《のぼ》って行《い》くと、ただひとり濠《ほり》の縁《ふち》に踞《かが》んで、ひどく泣《な》いている女《おんな》を見《み》た。身《み》を投《な》げるのではないかと心配《しんぱい》して、商人《しょうにん》は足《あし》をとどめ、自分《じぶん》の力《ちから》に及《およ》ぶだけの助力《じょりょく》、もしくは慰藉《いしゃ》を与《あた》えようとした。女《おんな》は華奢《きゃしゃ》な上品《じょうひん》な人《ひと》らしく、服装《みなり》も綺麗《きれい》であったし、それから髪《かみ》は良家《りょうけ》の若《わか》い娘《むすめ》のそれのように結《むす》ばれていた。――『お女中《じょちゅう》』と商人《しょうにん》は女《おんな》に近寄《ちかよ》って声《こえ》をかけた――『お女中《じょちゅう》、そんなにお泣《な》きなさるな！……何《なに》がお困《こま》りなのか、私《わたし》に仰《おっしゃ》い。その上《うえ》でお助《たす》けをする道《みち》があれば、喜《よろこ》んでお助《たす》け申《もう》しましょう』（実際《じっさい》、男《おとこ》は自分《じぶん》の云《い》った通《とお》りの事《こと》をする積《つも》りであった。何《なん》となれば、この人《ひと》は非常《ひじょう》に深切《しんせつ》な人《ひと》であったから。）しかし女《おんな》は泣《な》き続《つづ》けていた――その長《なが》い一方《いっぽう》の袖《そで》を以《もっ》て商人《しょうにん》に顔《かお》を隠《かく》して。『お女中《じょちゅう》』と出来《でき》る限《かぎ》りやさしく商人《しょうにん》は再《ふたた》び云《い》った――『どうぞ、どうぞ、私《わたし》の言葉《ことば》を聴《き》いて下《くだ》さい！……ここは夜《よる》若《わか》い御婦人《ごふじん》などの居《い》るべき場処《ばしょ》ではありません！　御頼《おたの》み申《もう》すから、お泣《な》きなさるな！――どうしたら少《すこ》しでも、お助《たす》けをする事《こと》が出来《でき》るのか、それを云《い》って下《くだ》さい！』徐《おもむ》ろに女《おんな》は起《た》ち上《あが》ったが、商人《しょうにん》には背中《せなか》を向《む》けていた。そ

してその袖《そで》のうしろで呻《うめ》き咽《むせ》びつづけていた。商人《しょうにん》はその手《て》を軽《かる》く女《おんな》の肩《かた》の上《うえ》に置《お》いて説《と》き立《た》てた――『お女《じょ》中《ちゅう》！――お女中《じょちゅう》！――お女中《じょちゅう》！　私《わたし》の言葉《ことば》をお聴《き》きなさい。ただちょっとでいいから！……お女中《じょちゅう》！――お女《じょ》中《ちゅう》！』……するとそのお女中《じょちゅう》なるものは向《む》きかえった。そしてその袖《そで》を下《した》に落《おと》し、手《て》で自分《じぶん》の顔《かお》を撫《な》でた――見《み》ると目《め》も鼻《はな》も口《くち》もない――きゃッと声《こえ》をあげて商人《しょうにん》は逃《に》げ出《だ》した。

37

一目散《いちもくさん》に紀国坂《きのくにざか》をかけ登《のぼ》った。自分《じぶん》の前《まえ》はすべて真暗《まっくら》で何《なに》もない空虚《くうきょ》であった。振《ふ》り返《かえ》ってみる勇気《ゆうき》もなくて、ただひた走《はし》りに走《はし》りつづけた挙句《あげく》、ようよう遥《はる》か遠《とお》くに、蛍火《ほたるび》の光《ひか》っているように見《み》える提灯《ちょうちん》を見《み》つけて、その方《ほう》に向《む》かって行《い》った。それは道側《みちばた》に屋台《やたい》を下《おろ》していた売《う》り歩《ある》く蕎麦屋《そばや》の提灯《ちょうちん》に過《す》ぎない事《こと》が解《わか》った。しかしどんな明《あ》かりでも、どんな人間《にんげん》の仲間《なかま》でも、以上《いじょう》のような事《こと》に遇《あ》った後《あと》には、

結構《けっこう》であった。商人《しょうにん》は蕎麦《そば》売《う》りの足下《あしもと》に身《み》を投《な》げ倒《たお》して声《こえ》をあげた『ああ！――ああ！！――ああ！！！』……

『これ！　これ！』と蕎麦屋《そばや》はあらあらしく叫《さけ》んだ『これ、どうしたんだ？　誰《だ》れかにやられたのか？』

『否《いや》、――誰《だ》れにもやられたのではない』と相手《あいて》は息《いき》を切《き》らしながら云《い》った――『ただ……ああ！――ああ！』……

『――ただおどかされたのか？』と蕎麦《そば》売《う》りはすげなく問《と》うた『盗賊《どろぼう》にか？』

『盗賊《どろぼう》ではない――盗賊《どろぼう》ではな

い』とおじけた男《おとこ》は喘《あえ》ぎながら云《い》った『私《わたし》は見《み》たのだ……女《おんな》を見《み》たのだ——濠《ほり》の縁《ふち》で——その女《おんな》が私《わたし》に見《み》せたのだ……ああ！　何《なに》を見《み》せたって、そりゃ云《い》えない』……

『へえ！　その見《み》せたものはこんなものだったか？』と蕎麦屋《そばや》は自分《じぶん》の顔《かお》を撫《な》でながら云《い》った——それと共《とも》に、蕎麦売《そばう》りの顔《かお》は卵《たまご》のようになった……そして同時《どうじ》に灯火《とうか》は消《き》えてしまった。

小泉八雲

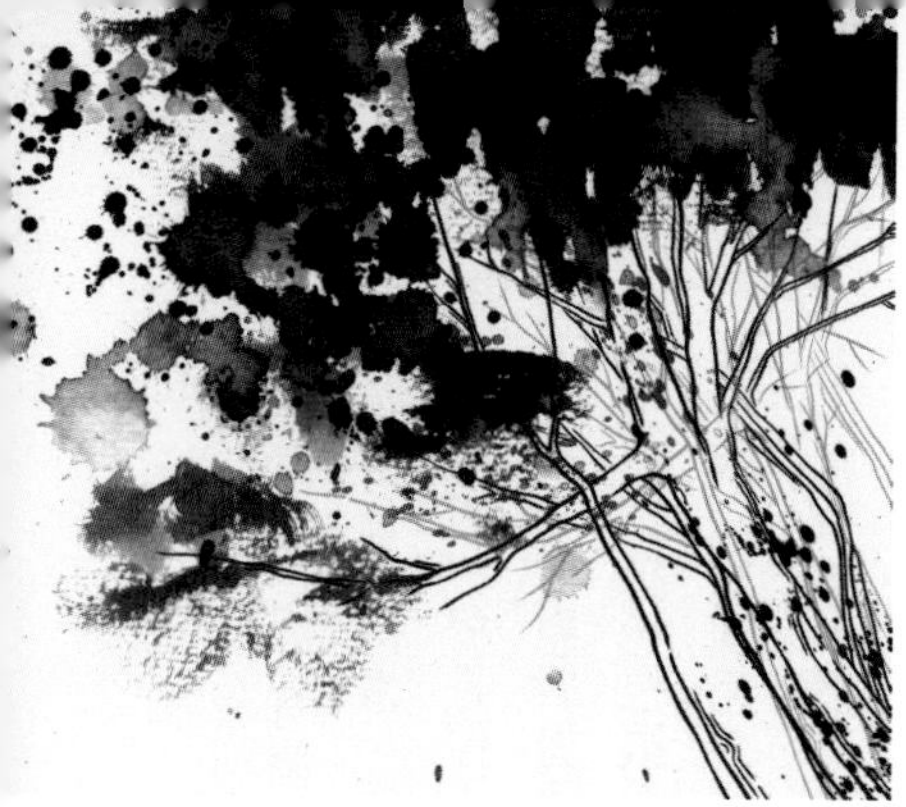

就在東京前往赤坂的路上，有一條斜坡稱為紀國坂——其實也就是紀伊國（江戶時代的大名諸侯國名，位於現今的和歌山縣）的斜坡的意思。至於為什麼稱為紀伊國斜坡，我就無從得知了。在這條斜坡的一側，自古以來就有一條又深又寬的壕溝，沿著壕溝有高高的綠色坡堤，上方坐落著庭園。在這條路的另一邊就是皇居綿延不斷的高聳圍牆。在過去還沒有出現路燈以及人力車的古老年代，那一帶在天黑之後，就變得異常冷清，非常荒涼。因此，在日落之後，太晚路過的行人，寧可多繞幾里的遠路，也不肯獨自爬上這條紀國坂。

主要是因為這一帶常常有貉出沒的緣故。

最後見到貉的，是一位住在京橋一帶，大約三十年前就已經去世的老商人。以下的故事就是他所說的。

有一天晚上，這位商人深夜匆忙地爬上紀國

坂，結果卻見到有個女人獨自蹲在壕溝旁邊哭泣，哭得十分淒慘。商人擔心她該不會是想不開要跳河自盡，於是停下腳步，想竭盡所能地幫助對方，或者安慰對方。這位女性外表看起來纖細高雅，服裝打扮也很漂亮，而且頭髮也像良家的年輕姑娘一樣挽起來，氣質出眾。於是商人接近那位女性，並出聲喊說：「小姐！」「小姐，別哭了。如果你有什麼困難的話，可以跟我說，要是我可以幫得上忙的話，我會很樂意地幫助你的。（事實上，就如同他自己所說的，他的確誠心誠意地想幫忙。因為這位商人是一位很熱心助人的人。）」但是，那位女子還是一直不斷地哭泣。只見她用一邊長長的衣袖遮住了臉龐，沒讓商人瞧見她的臉。「小姐！」商人再次盡量用溫柔的聲音對她說：「請聽我說！……這種地方不是年輕女子該待的地方。求求你，別哭了！至少也要告訴我該怎麼做，才可以幫你的忙啊？」只見那位女子緩緩地起身，背對著商人。依然用袖子掩面、持續不停地啜泣。於是商人把手輕輕地放在女子的肩膀上，開始勸她說：「小姐！小姐！請你聽我說，只要一下下就行了。……小姐！小姐！」結果只見那女子轉過身來，把袖子放下來，用手輕撫著自己的臉。商人一看之下，發現那竟然是一張完全沒有五官的臉。於是商人發出驚叫聲，落荒而逃。

他拼了命地跑上紀國坂，只見眼前一片漆黑，四下空無一物。他沒有勇氣敢回頭查看，只好死命地往前跑。好不容易終於看見遠方有盞燈籠，閃著螢火般的燈光，於是他便朝著那個方向跑。後來他才知道，原來那只不過是在路邊走賣蕎麥麵攤所掛的燈籠。商人剛剛經歷過這些事情之後，此時不管是多麼微弱的燈光，或是什麼樣的人，對他來說都已經足夠了。商人倒臥在蕎麥麵攤小販的腳下，發出一串「哇啊！哇啊！哇啊！」的哀號聲。

「喂！喂！」蕎麥麵攤的小販粗聲粗氣問他說：「喂！你這是怎麼回事啊？該不會是被人追殺吧？」

「不是，我沒有被人追殺。」商人上氣不接下氣地說道。「我只是…哇啊！哇啊！」……

「只是被嚇到了，是嗎？」賣蕎麥麵的小販冷冷地問道：「是被搶匪給嚇到了嗎？」

「不是搶匪——不是搶匪。」被嚇壞的商人氣喘吁吁地說：「我看見……我看見一位女子——在壕溝旁邊——那位女子讓我看了……哇啊！你要問：她到底讓我看到了什麼是嗎？那個我真的不會說。」……

「嘿！她讓你看的，該不會就是這個吧？」賣蕎麥麵的小販一邊撫摸著自己的臉，

一邊說道。只見賣蕎麥麵小販的臉宛如一顆光滑的雞蛋……而就在此時，燈火也跟著消失不見了。

譯註

❶ 主要是指貛，銳頭鼻尖，晝伏夜出。但在有些地方是指貍或白鼻心。據說會幻化成人形，在山路出沒，跟人討水或茶來喝。

田《た》中《なか》貢《こう》太《た》郎《ろう》

田中貢太郎——怪談黃金時代的推手

靜岡英和學院大學准教授・蔡佩青

高知縣立文學館提供

怪談中的主角通常稱為「鬼」、「幽靈」或「妖怪」。在日本，雖然這幾個語詞早在奈良時代（八世紀左右）與平安時代（九～十二世紀）就已經出現，古典文學作品中也不乏鬼神出沒的怪奇故事，但一直到江戶時代（十七～十八世紀左右），怪談才廣泛流行於一般民眾之間，成為人們生活中的娛樂片段。

江戶時代可稱為「怪談的世紀」，受到中國志怪小說的影響，許多作品取材自《剪燈新話》《剪燈余話》《警世通言》等。將志怪小說的舞台搬到日本，讓出場人物換上和服，就成了極具日本味道的怪談。同時，坊間開始流行講述百物語，至使看不見摸不著形體的幽魂鬼怪也開始被形象化。自從被封為妖怪畫師的鳥山石燕（一七一三～一七八八年）❶出版了一系列的百鬼圖之後，原本只能任聽眾（讀者）憑空想像的鬼怪們，或成為井中的「狂骨」，或成為滿身是血的「姑獲鳥」。而幾乎在同一個時期，小說家上田秋成

（一七三四～一八〇九年）也因《雨月物語》❷的成功，讓他一躍登上近世怪異小說代表的高座。

但是，當思想走向文明，不可思議的現象一下子全被批判成迷信。就連夏目漱石（一八六七～一九一六年）❸也藉著小說人物的發言，玩笑似地表明立場：「還不都是因為自己心裡覺得害怕，幽靈也就自然而然想跑出來囉！」但幸而有小泉八雲這位外來的「日本宅」，拼命地將日式怪談往歐美宣揚，其中有大半原因是為了喚醒逐漸被遺忘的日本遠古風情。終於，從明治後期到近現代，受到歐美流行心靈主義（spiritualism）的影響，日本文壇也掀起一陣怪談熱，《新公論》《新小說》《中央公論》等幾部知名的文學雜誌紛紛企劃妖怪特輯，大家耳熟能詳的作家們（如泉鏡花、小山內薰、橘池寬、佐藤春夫等）也開始撰寫各種怪談，尤其以一九二〇年代最為興盛，學者稱之為「怪談黃金時代」，其代表作家便是田中貢太郎（一八八〇～一九四一年）。

田中貢太郎出生在位於四國高知縣長岡郡（現高知市內）的小漁港旁，一家代代從事與船業有關的工作。田中貢太郎也曾經當過造船工人，但不久便轉換跑道改當小學代課老師，二十二歲時進入高知實業報社擔任藝文版的編輯，之後兩度輾轉往返故鄉和東京，陸續發表了幾篇小說，終於在三十二歲時以田中桃葉之名出版處女作《小品文集 四季與人生》❹，開啟他近三十年的寫作生涯。

田中貢太郎的創作領域相當廣博，除了小說、隨筆，也曾編纂鄉土歷史、撰寫他人的傳記，並留下許多遊記類散文作品。他的創作活動之所以能夠順利展開，全靠當時已活躍在東京的幾位同鄉的支持，包括思想家幸德秋水、文藝評論家田岡嶺雲，以及對他的人生影響極深的近代詩人大町桂月（一八六九～一九二五年）。他在第二次上東京時寄居在大町桂月的住處當食客，追隨其遊訪各地，並學會了品酒，甚至自比酒仙李白。他在散文小品「美酒花雕記」❺中與友人暢論中國與土佐的美酒，準備離開上海酒家時他吟詠了這樣一首詩：「南京路街李白気取りで吾れ往けば黃包車も避けて往くなり（南京路街頭，自詡如酒仙，搖搖晃晃大步走，黃包車陣也開路）」。他的出生地有塊紀念碑，文壇友人為他刻下「性磊落脫俗，愛酒如命，人或稱酒仙，交友遍天下」的碑銘。

而作為一位怪談作家，田中貢太郎畢生撰寫了近五百篇的作品，除了改寫江戶時代的小說、日本各地的民間傳說之外，因為從小就學習中國古典文學，歷訪過中國以及滿州各地，精通中文的他甚至翻譯了《剪燈新話》《聊齋志異》等許多中國志怪小說。他的文風帶有一種當代摩登的味道，沒有刻意過多修飾的誇張文辭，卻在簡單明白的文章中，淡淡地發散出一種夢幻似的妖氣。

比如〈古盤宅院〉中，遭受阿菊詛咒的女主人產下沒有中指的嬰孩的橋段，應該是這怪談主角現身發揮最強靈力的瞬間，他卻只以一句話輕輕帶過——「夫人生了男孩，但沒有右手中指……。」——接著敘述女主人想起阿菊的中指而激昂起來。又如〈蛇怨〉中，自大狂傲的獵師所剝下的蛇皮開始作祟後，村民們懷著不安恐懼的心情離開獵師住處時，他平淡地描述：「大夥兒相互挨著默默地走，眼光不約而同看向掛在庭院竹林的蛇皮……。」然後一陣風吹起大家的衣角，蛇皮瞬時幻化成衝天的火光。

田中貢太郎的文章絕對不是平鋪直敘，而是先醞釀讀者的恐懼心理，再引出異界的詭怪奇譎，以「靜」帶出「動」，用最簡明的篇章營造出最驚悚的情節。無怪乎許多學者讚揚田中貢太郎擁有超越上田秋成的才華，稱其作品如十七、八世紀流行於歐洲的中國藝術風格（chinoiserie）般結合了中式的華麗與日式的簡單，是繼小泉八雲之後改寫古典怪談的名家。本書所收錄的〈圓朝的牡丹燈籠〉〈皿屋敷〉〈蛇怨〉，分別取材自中國與日本的小說，以及作者家鄉的民間傳說。從這三篇作品正好可以評比田中貢太郎改寫不同素材時的文章技巧與風格。

最後，我想談談有關田中貢太郎的知名度。如果不鑽研日本怪談史，可能很多人不認識他，翻遍書架上所有日本文學史的書籍，也很難找到他的名字。但是與田中貢太郎同時期並且與他有文藝交流的作家，比如自然主義文學的代表作家田山花袋（一八七二～一九三〇年）、創立芥川文學獎和直木文學獎的菊池寬（一八八八～一九四八年）、以長崎原爆記錄小說《黑雨》聞名的井伏鱒二（一八〇八～一九九三年）等人，都是文學史教科書上的常客，甚至當井伏鱒二還是個默默無聞的文學青年時，只能跟在田中貢太郎身後窺視當代的文壇大家們的活躍風采。我不想猜測田中貢太郎是否受到幸德秋水事件❻的牽連，但與在文學史中獲得一席地位的三遊亭圓朝和小泉八雲相比，田中貢太郎的聲望的確遜色不少。唯一可以想像的是，文學史對三遊亭圓朝和小泉八雲的評價可能分別出自於口說藝術的傳承和歸化日本的外國學者，而非真正認可怪談為一個新的文學領域。幸而現在妖怪風潮不再受文明主義的壓制，越是科學無法證明的怪異現象越是誘人，希望透過本書的介紹，讀者們能更進一步了解這位日本怪談史上不可忽視的重要作家。

註

❶ 鳥山石燕的四部圖畫作品，『畫圖百鬼夜行』（一七七六年）、『今昔畫圖續百鬼』（一七七六年）、『今昔百鬼拾遺』（一七〇八年）、『百器徒然袋』（一七八四年）被稱為「畫圖百鬼夜行系列」。現代小說家京極夏彥以其中的鬼怪為題，撰寫了多部知名的長篇小說，如《狂骨之夢》、《姑獲鳥的夏天》、《絡新婦之理》。

❷ 《雨月物語》：一七七六年。上田秋成以剪枝畸人的筆名所出版的怪異小說，收錄九篇短篇小說，其中包括翻案自《剪燈新話》「愛卿傳」、《警世通言》「白娘子永鎮雷峰塔」等故事。

❸ 夏目漱石在短篇小說《琴之空音》（一九〇五年）中以幽靈體驗的故事為背景，間接點出自己對當代流行的心靈學研究的看法，但也有學者認為夏目漱石並不否定超自然現象。

❹ 在《小品文集 四季與人生》（一九一二年）之前，田中貢太郎曾為田岡嶺雲代筆，出版了一部有關自由黨左派的記錄文學《明治叛臣傳》（一九〇九年）。

❺ 「美酒花雕記」收錄於一九二六年所出版的《貢太郎見聞錄》。

❻ 幸德事件（一九〇〇年）又稱大逆事件，幸德秋水被指控參與社會主義運動者所發起的暗殺明治天皇的計畫，當時田中貢太郎也因與幸德秋水有深交而被相關單位暗中監視。

導讀

圓朝牡丹燈籠

靜岡英和學院大學准教授・蔡佩青

沒有雙腳的幽靈和乾枯蒼白的骷髏，哪一種鬼比較可怕？一縷冷風輕吹，無聲無息地輕輕飄蕩過來的幽靈，是一種教人背脊發涼，全身冷顫不停無法動彈的感覺；而骷髏一動起來便咯噹咯噹作響，加上那骷髏頭的空洞雙眼，反倒應該是瞄了一眼就高聲慘叫拔腿就跑吧！如果這兩種鬼都令你感到害怕，那麼我建議你還是別讀「圓朝」的《牡丹燈籠》。

《牡丹燈籠》最早的版本是江戶初期的小說家淺井了意（約一六一二～一六九一年）翻案中國明朝怪異小說《剪燈新話》中的「牡丹燈記」改寫而成，收錄於《御伽婢子》❶。但故事能夠廣為流傳並受大眾的喜愛，則要歸功於落語家❷三遊亭圓朝（一八三九～一九〇〇年）。圓朝參照《御伽婢子》中所收錄的「牡丹燈籠」以及「船田左近夢約之事（船田左近夢のちぎりの事）」兩篇翻案小說，加上從友人聽來的傳聞軼事，編成了長達十二萬餘字的《怪談牡丹燈籠》。說十二萬餘字，但實際上這是一部為期十五天，每天約一小時，以單口相聲的方式所表演的連續劇，也就是說這十二萬餘字的劇本應該只存在圓朝的腦袋裡。

生動逼人的圓朝式單口相聲相當受歡迎，當時看一場藝術表演大約二錢五厘到三錢五厘，而圓朝的舞台卻要四錢。於是出版社看準了商機，委託當時「速記法研究會」會長若林玵藏將圓朝的相聲內容「隻字不漏」地筆記下來，分成十三篇出版。雖然一篇十多頁只要七錢，但觀眾們似乎還是熱衷於圓朝的現場表演。名劇作家岡本綺堂（一八七二～一九三九年）在「寄席和表演（寄席と芝居と）」中提到他十三、四歲時跟鄰居借了《怪談牡丹燈籠》的速記本❸來讀，覺得一點也不恐怖，完全不懂為甚麼圓朝的舞台會這麼出名；但是實際看了現場表演後，「當圓朝坐在燭台前開始講述怪談，我漸漸感受到一股妖氣襲來……。」爾後天天清晨四點出門去劇場排隊，只為了聽圓朝的怪談故事。

「カラコン、カラコン、カラコン……」

沒有下半身的白骨幽靈卻踩著木屐而來，「叩叩、叩叩」的響聲逐漸靠近，一點小小的聲音都會嚇壞早已僵直了身子的滿場觀眾。

不只是田中貢太郎，許多小說家、劇作家都曾改寫圓朝的《怪談牡丹燈籠》，但卻沒有人能自信寫成如圓朝的場場爆滿的十五天舞台，因此都只取最富有怪談情節且符合標題的「阿露與新三郎」的橋段。田中貢太郎在故事開頭相當簡潔地帶過新三郎與阿露相識的過程，便直接進入靈異故事的主軸。從新三郎夢中會阿露、兩人各自苦戀亡者，到亡魂阿露對新三郎的執戀，最後因為半藏夫妻撕下符令而使新三郎冤死狂骨之手。田中貢太郎雖然省略了許多圓朝速記本的細部描寫與對話，但成功地將整個故事的敘述改寫成適合閱讀的短編。兩者比照閱讀，我對田中版唯一的不滿是，他刪掉了阿露與新三郎相識後道別時所埋下的伏筆：「你如果不再來見我，我就死給你看！」

順帶一提，最早將圓朝的《怪談牡丹燈籠》帶入歐美的正是小泉八雲。不過他似乎不太欣賞新三郎，他在譯文中改編了些橋段並加註了許多評語，批評新三郎是個膽小鬼，不敢為所愛的人而死，被阿露掐死是罪有應得！看來，小泉八雲的《牡丹燈籠》❹也是一篇要教天下男人要發抖不已的人鬼戀。

註

❶《御伽婢子》：寬文六（一六六六）年刊行。收錄了六十七篇短編怪談，其中包括十七篇《剪燈新話》的翻案小說，此書被稱為「近世怪異小說之祖」。

❷落語和講談都是一種個人表演藝術，落語的內容通常帶有詼諧趣味的要素，接近單口相聲；而講談則著重於教訓寓意。落語和講談的表演劇場稱為「寄席（よせ）」。有關講談，請見「皿屋敷（古盤宅院）」導讀的〔注5〕。

❸《怪談牡丹燈籠》的速記對往後日本語言學史上的言文一致運動有很大的影響。

❹小泉八雲的「牡丹燈籠」簡錄於《In Ghostly Japan》（一八九九年）中，題為「A Passional Karama」。

原文鑑賞

円朝《えんちょう》の牡丹燈籠《ぼたんどうろう》

田中貢太郎《たなかこうたろう》

38

一

萩原新三郎《はぎわらしんざぶろう》は孫店《まごだな》に住《す》む伴蔵《ともぞう》を伴《つ》れて、柳島《やなぎしま》の横川《よこかわ》へ釣《つり》に往《い》っていた。それは五《ご》月《がつ》の初《はじ》めのことであった。新三郎《しんざぶろう》は釣《つり》に往《い》っても釣《つり》に興味《きょうみ》はないので、吸筒《すいづつ》の酒《さけ》を飲《の》んでいた。

新三郎《しんざぶろう》は其《そ》の数ヶ月前《すうかげつまえ》、医者坊主《いしゃぼうず》の山本志丈《やまもとしじょう》といっしょに亀戸《かめいど》へ梅見《うめみ》に往《い》って、其《そ》の帰《かえ》りに志丈《しじょう》の知《し》っている横川《よこかわ》の飯島平左衛門《いいじまへいざえもん》と云《い》う旗下《はたもと》の別《べっ》荘《そう》へ寄《よ》ったが、其《そ》の時平左衛門《ときへいざえもん》の一人《ひとり》娘《むすめ》のお露《つゆ》を知《し》り、それ以来《いらい》お露《つゆ》のことばかり思《おも》っていたが、一人《ひとり》でお露《つゆ》を尋《たず》ねて往《ゆ》くわけにもゆかないので、志《し》丈《じょう》の来《く》るのを待《ま》っていたところで、伴蔵《ともぞう》が来《き》て釣《つり》に誘《さそ》うので、せめて外《そと》からでも飯島《いいじま》の別荘《べっそう》の容子《ようす》を見《み》ようと思《おも》って、其《そ》の朝神田昌平橋《あさかんだしょうへいばし》の船宿《ふなやど》から漁師《りょうし》を雇《やと》って来《き》たところであった。

39

新三郎《しんざぶろう》は其《そ》のうちに酔《よ》って眠《ねむ》ってしまった。伴蔵《ともぞう》は日《ひ》の暮《く》れるまで釣《つ》っていたが、新三郎《しんざぶろう》があまり起《お》きないので、

「旦那《だんな》、お風《かぜ》をひきますよ」

と云《い》って起《おこ》した。新三郎《しんざぶろう》はそこで起《お》きて陸《おか》へ眼《め》をやると、二重《にじゅう》の建仁寺垣《けんにんじがき》があって耳門《くぐりもん》が見《み》えていた。それは確《たしか》に飯島《いいじま》の別荘《べっそう》のようであるから、

「伴蔵《ともぞう》、ちょっと此処《ここ》へつけてくれ、往《い》ってくる処《ところ》があるから」

と云《い》って船《ふね》を著《つ》けさして、陸《おか》へあがり、耳門《くぐり》の方《ほう》へ往《い》って中《なか》の容子《ようす》を伺《うかが》っていたが、耳門《くぐり》の扉《とびら》が開《ひら》いているようであるから思《おも》いきって中《なか》へ入《はい》った。そして、一度来《いちどき》て中《なか》の方角《ほうがく》は判《わか》っているので、赤松《あかまつ》の生え

た泉水《せんすい》の縁《ふち》について往《い》くと、其処《そこ》に瀟洒《しょうしゃ》な四畳半《よじょうはん》の室《へや》があって、蚊帳《かや》を釣《つ》り其処《そこ》にお露《つゆ》が蒼《あお》い顔《かお》をして坐《すわ》っていた。新三郎《しんざぶろう》は跫音《あしおと》をしのばせながら、折戸《おりど》の処《ところ》へ往《い》った。と、お露《つゆ》が顔《かお》をあげて此方《こっち》を見《み》たが、急《きゅう》に其《そ》の眼《め》がいきいきとして来《き》た。

「あなたは、新三郎《しんざぶろう》さま」

お露《つゆ》も新三郎《しんざぶろう》を思《おも》って長《なが》い間《あいだ》気病《きやま》いのようになっているところであった。

お露《つゆ》はもう慎《つつし》みを忘《わす》れた。お露《つゆ》は新《しん》三郎《ざぶろう》の手《て》を執《と》って蚊帳《かや》の中《なか》へ入《はい》った。

そして、暫《しばら》くしてお露《つゆ》は、傍《そば》にあった香箱《こうばこ》を執《と》って、

「これは、お母《かあ》さまから形見《かたみ》にいただいた大事《だいじ》の香箱《こうばこ》でございます、これをどうか私《わたし》だと思《おも》って」

40

と云《い》って、新三郎《しんざぶろう》の前《まえ》へさしだした。それは秋野《あきの》に虫《むし》の象眼《ぞうがん》の入《はい》った見《み》ごとな香箱《こうばこ》であった。新三郎《しんざぶろう》は云《い》われるままにそれをもらって其《そ》の蓋《ふた》を執《と》ってみた。と、其処《そこ》へ境《さかい》の襖《ふすま》を開《あ》けて入《はい》って来《き》たものがあった。それはお露《つゆ》の父親《ちちおや》の平左衛門《へいざえもん》であった。二人《ふたり》は驚《おどろ》いて飛《と》び起《お》きた。平左衛門《へいざえもん》は持《も》っていた雪《ぼん》洞《ぼり》をさしつけるようにした。

「露《つゆ》、これへ出《で》ろ」それから新三郎《しんざぶろう》を見《み》て、「其《そ》の方《かた》は何者《なにもの》だ」

新三郎《しんざぶろう》は小《ちい》さくなっていた。

「は、てまえは萩原新三郎《はぎわらしんざぶろう》と申《もう》す粗忽《そこつ》ものでございます、まことにどうも」

平左衛門《へいざえもん》は憤《おこ》って肩《かた》で呼吸《いき》をしていた。平左衛門《へいざえもん》はお露《つゆ》の方《ほう》をきっと見《み》た。

「かりそめにも、天下《てんか》の直参《じきさん》の娘《むすめ》が、男《おとこ》を引《ひ》き入《い》れるとは何《なに》ごとじゃ、これが世《せ》間《けん》へ知《し》れたら、飯島《いいじま》は家事不取締《かじふとりしまり》とあって、家名《かめい》を汚《よご》し、御先祖《ごせんぞ》へ対《たい》してあいすまん、不孝不義《ふこうふぎ》のふとどきものめが。手討《てう》ちにするからさよう心得《こころえ》ろ」

新三郎《しんざぶろう》が前《まえ》へ出《で》た。

「お嬢《じょう》さまには、すこしも科《とが》はございません、どうぞてまえを」

「いえいえ、わたしが悪《わる》うございます。どうぞわたしを」

お露《つゆ》は新三郎《しんざぶろう》をかばった。平左衛門《へいざえもん》は刀《かたな》を脱《ぬ》いた。

「不義《ふぎ》は同罪《どうざい》じゃ、娘《むすめ》からさきへ斬《き》る」

平左衛門《へいざえもん》はそう云《い》いながら、いきなりお露《つゆ》の首《くび》に斬《き》りつけた。お露《つゆ》の島田首《しまだくび》はころりと前《まえ》へ落《お》ちた。新三郎《しんざぶろう》が驚《おどろ》いて前《まえ》へのめろうとしたところで、其《そ》の頬《ほお》に平左衛門《へいざえもん》の刀《かたな》が来《き》た。新三郎《しんざぶろう》は頬《ほお》から腮《あご》にかけて、ずきりとした痛《いた》みを感《かん》じた。

41

「旦那《だんな》、旦那《だんな》、たいそう魘《うな》されてますが、おっそろしい声《こえ》をだして、びっくりするじゃありませんか、もし旦那《だんな》」

新三郎《しんざぶろう》は其《そ》の声《こえ》に驚《おどろ》いて眼《め》を開《あ》けた。伴蔵《ともぞう》が枕頭《まくらもと》へ来《き》て起《お》こしている

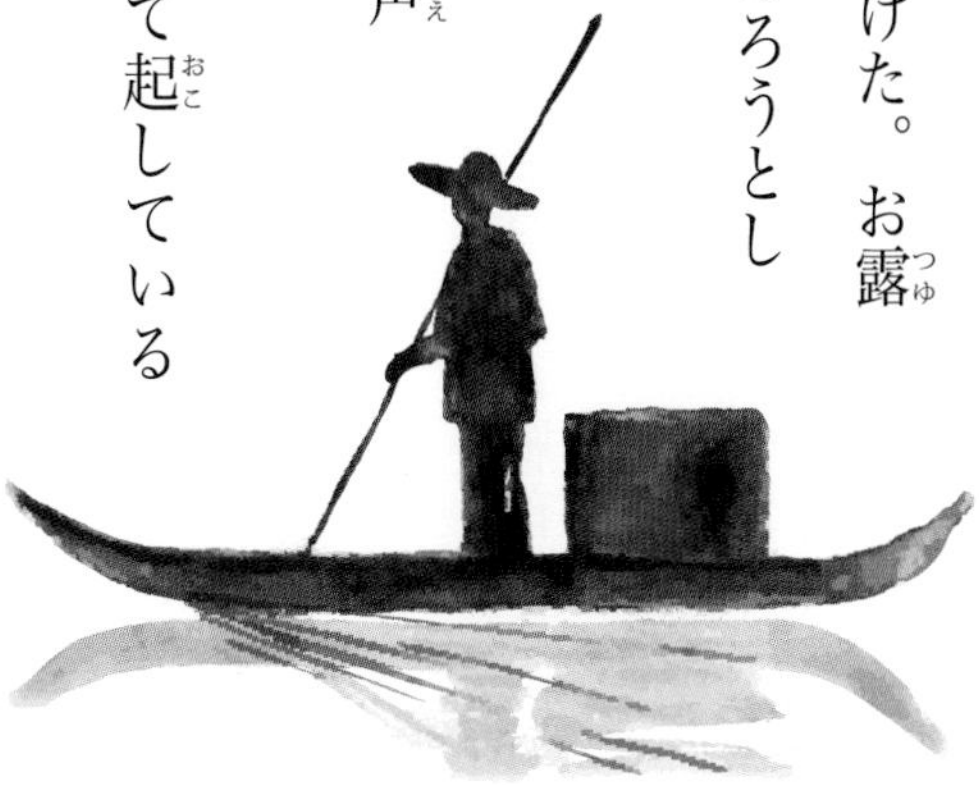

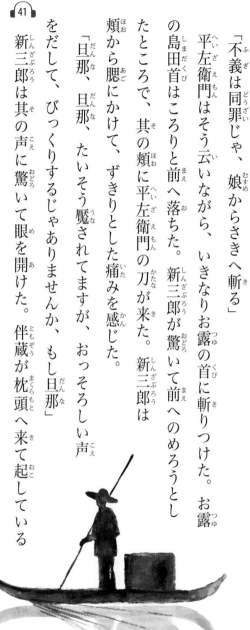

ところであった。新三郎《しんざぶろう》はきょろきょろと四辺《あたり》を見《み》まわした。

「伴蔵《ともぞう》、俺《おれ》の首《くび》が落《お》ちてやしないか」

「そうですねえ、船《ふな》べりで煙管《きせる》を叩《たた》くと、よく雁首《がんくび》が川《かわ》の中《なか》へ落《お》ちますよ」

「そうじゃない、俺《おれ》の首《くび》だよ、何処《どこ》にも傷《きず》が附《つ》いてやしないか」

「じょうだん云《い》っちゃいけませんよ、何《なん》で傷《きず》がつくものですか」

やがて新三郎《しんざぶろう》は船《ふね》を急《いそ》がせて帰《かえ》って来《き》たが、船《ふね》からあがる時《とき》、

「旦那《だんな》、こんな物《もの》が落《お》ちておりますよ」

と云《い》って、伴蔵《ともぞう》のさしだした物《もの》を見《み》ると、それはさっき夢《ゆめ》の中《なか》でお露《つゆ》から貰《もら》った彼《か》の秋草《あきくさ》に虫《むし》の象眼《ぞうがん》のある香箱《こうばこ》の蓋《ふた》であった。

二

42

新三郎《しんざぶろう》は精霊棚《しょうりょうだな》の準備《したく》ができたので、縁側《えんがわ》へ敷物《しきもの》を敷《し》き、そして、蚊遣《かやり》を焚《た》いて、深草形《ふかくさけい》の団扇《うちわ》で蚊《か》を追《お》いながら月《つき》を見《み》ていた。それは盆《ぼん》の十三日《じゅうさんにち》のことであった。新三郎《しんざぶろう》はその前月《ぜんげつ》、久《ひさ》しぶりに尋《たず》ねて来《き》た志丈《しじょう》から、お露《つゆ》が己《じぶん》のことを思《おも》いつめて、其《そ》のために病気《びょうき》になって死《し》んだと云《い》うことを聞《き》いたので、それ以来《いらい》お露《つゆ》の俗名《ぞくみょう》を書《か》いて仏壇《ぶつだん》に供《そな》え、来《く》る日《ひ》も来《く》る日《ひ》も念仏《ねんぶつ》を唱《とな》えながら鬱《うつ》うつとして過《すご》しているところであった。

と、生垣《いけがき》の外《そと》からカラコン、カラコンと云《い》う下駄《げた》の音《おと》が聞《きこ》えて来《き》た。新三郎《しんざぶろう》はやるともなしに其《そ》の方《ほう》へ眼《め》をやった。三十位《さんじゅうぐらい》に見《み》える大丸髷《おおまるまげ》の年増《としま》が、其《そ》の比《ころ》流行《はや》った縮緬細工《ちりめんざいく》の牡丹燈籠《ぼたんどうろう》を持《も》ち、其《そ》の後《うしろ》から文金《ぶんきん》の高髷《たかまげ》に秋草色染《あきくさいろぞめ》の衣服《いふく》を著《き》、上方《かみがた》

風《ふう》の塗柄《ぬりえ》の団扇《うちわ》を持《も》った十七八《じゅうしちはち》に見《み》える女《おんな》が、緋縮緬《ひぢりめん》の長襦袢《ながじゅばん》の裾《すそ》をちらちらさせながら来《き》たところであった。新三郎《しんざぶろう》は其《そ》の壮《わか》い女《おんな》に何処《どこ》かに見覚《みおぼ》えのあるような気《き》がするので、伸《の》びあがるようにして月影《つきかげ》にすかしていると、牡丹燈籠《ぼたんどうろう》を持《も》った女《おんな》が立《た》ちどまって此方《こちら》を見《み》たが、同時《どうじ》に、

「おや、萩原《はぎわら》さま」

と云《い》って眼《め》をやった。それは飯島家《いいじまけ》の婢《じょちゅう》のお米《よね》であった。

「おやお米《よね》さん、まあ、どうして」

新三郎《しんざぶろう》は志丈《しじょう》からお露《つゆ》が死《し》ぬと間《ま》もなくお米《よね》も死《し》んだと云《い》うことを聞《き》いていたので、ちょっと不思議《ふしぎ》に思《おも》ったが、すぐこれはきっと志丈《しじょう》がいいかげんなことを云《い》ったものだろうと思《おも》って、

「まあお入《はい》りなさい、其処《そこ》の折戸《おりど》をあけて」

と云《い》うと二人《ふたり》が入《はい》って来《き》た。後《うしろ》の壮《わか》い女《おんな》はお露《つゆ》であった。お米《よね》は新三郎《しんざぶろう》に、

「ほんとに思《おも》いがけない。萩原《はぎわら》さまは、お歿《な》くなり遊《あそ》ばしたと云《い》うことを伺《うかが》ってい

たものでございますから」

と云《い》った。そこで新三郎《しんざぶろう》は志丈《しじょう》の云《い》ったことを話《はな》して、

「お二人《ふたり》が歿《な》くなったと云《い》うものだから」

と云《い》うと、お米《よね》が、

「志丈《しじょう》さんがだましたものですよ」

と云《い》って、それから二人《ふたり》が其処《そこ》へ来《き》た理《わけ》を話《はな》した。

それによると平左衛門《へいざえもん》の妾《めかけ》のお国《くに》が、某日《あるひ》新三郎《しんざぶろう》が死《し》んだと云《い》ってお露《つゆ》を欺《だま》したので、お露《つゆ》はそれを真《ま》に受《う》けて尼《あま》になると言《い》いだしたが、心《こころ》さえ尼《あま》になったつもりでおればいいからと云《い》ってなだめていると、今度《こんど》は父親《ちちおや》が養子《ようし》をしたらと云《い》いだした。お露《つゆ》はどんなことがあっても婿《むこ》はとらないと云《い》って聞《き》かなかったので、とうとう勘《かん》当《どう》同様《どうよう》になり、今《いま》では谷中《やなか》の三崎《みさき》でだいなしの家《うち》を借《か》りて、其処《そこ》でお米《よね》が手内職《てないしょく》などをして、どうかこうか暮《くら》しているが、お露《つゆ》は新三郎《しんざぶろう》が死《し》んだとのみ思《おも》っているの

で、毎日念仏《まいにちねんぶつ》ばかり唱《とな》えていたのであった。そして、お米《よね》は、

「今日《きょう》は盆《ぼん》のことでございますから、彼方此方《あちらこちら》おまいりをして、晩《おそ》く帰《かえ》るところでございます」

44

と云《い》った。新三郎《しんざぶろう》はお露《つゆ》が無《ぶ》事《じ》でいたので喜《うれ》しかった。

「そうですか、私《わたし》はまた此《こ》のとおり、お嬢《じょう》さんの俗名《ぞくみょう》を書《か》いて、毎日念仏《まいにちねんぶつ》しておりました」

「それほどまでにお嬢《じょう》さま

を」思《おも》い出《だ》したように、「それでお嬢《じょう》さまは、たとえ御勘当《おかんどう》になりましても、斬《き》られてもいいから、萩原《はぎわら》さまのお情《なさけ》を受《う》けたいとおっしゃっておりますが、今夜《こんや》お泊《と》め申《もう》してもよろしゅうございましょうか」

それは新三郎《しんざぶろう》も望《のぞ》むところであったが、ただ孫店《まごだな》に住《す》む白翁堂勇斎《はくおうどうゆうさい》と云《い》う人相観《にんそうみ》が、何《なに》かにつけて新三郎《しんざぶろう》の面倒《めんどう》を見《み》ているので、それに知《し》れないようにしなくてはならぬ。

「勇斎《ゆうさい》と云《い》うやかましやがいますから、それに知《し》れないように、裏《うら》からそっと入《はい》ってください」

そこでお米《よね》はもじもじしているお露《つゆ》を促《うなが》して裏口《うらぐち》から入《はい》り、とうとう其処《そこ》で一泊《いっぱく》した。そして、翌日《よくじつ》はまだ夜《よる》の明《あ》けないうちに帰《かえ》って往《い》ったが、それからお露《つゆ》は毎晩《まいばん》のように新三郎《しんざぶろう》の処《ところ》へ来《き》た。ちょうど七日目《なのかめ》の夜《よる》であった。孫店《まごだな》に住《す》む伴《とも》

蔵《ぞう》は、毎夜《まいよ》のように新三郎《しんざぶろう》の家《いえ》から話声《はなしごえ》が聞《きこ》えて来《く》るので、不思議《ふしぎ》に思《おも》いながら新《しん》三郎《ざぶろう》の家《いえ》へ往《い》って、そっと雨戸《あまど》の隙間《すきま》から覗《のぞ》いてみた。比翼蓙《ひよくござ》を敷《し》いた蚊帳《かや》の中《なか》には、新三郎《しんざぶろう》が壮《わか》い女《おんな》と対《むか》いあって坐《すわ》っていた。伴蔵《ともぞう》は目《め》を睜《みは》った。と、其《そ》の時女《ときおんな》の声《こえ》で、

45

「新三郎《しんざぶろう》さま、私《わたし》がもし勘当《かんどう》されました時《とき》は、お米《よね》と二人《ふたり》をお宅《たく》へおいてくださいます」

すると新三郎《しんざぶろう》の声《こえ》で、

「引《ひ》きとりますとも、あなたが勘当《かんどう》されたら、私《わたし》はかえってしあわせですよ。しかし、貴女《あなた》は一人娘《ひとりむすめ》のことですから、勘当《かんどう》される気《き》づかいはありますまい。後《のち》になって、生木《なまき》を裂《さ》かれるようなことがなければと、私《わたし》はそれが苦労《くろう》でなりません」

「あなたより他《ほか》に所天《おっと》はないと存《ぞん》じておりますから、たとえお父《とう》さまに知《し》れて、手《て》討《う》ちになりましてもかまいません、そのかわり、お見《み》すてなさるときませんから」

伴蔵《ともぞう》は女《おんな》の素性《すじょう》が知《し》りたかった。伴蔵《ともぞう》は伸《の》びあがるようにして、もいちど雨戸《あまど》の

隙間《すきま》から室《へや》の中《なか》へ眼《め》をやった。島田髷《しまだまげ》の腰《こし》から下《した》のない骨《ほね》と皮《かわ》ばかりの女《おんな》が、青白《あおじろ》い顔《かお》に鬢《びん》の毛《け》をふり乱《みだ》して、それが蝋燭《ろうそく》のような手《て》をさしのべて新三郎《しんざぶろう》の頸《くび》にからませていた。と、其《そ》の時《とき》、傍《そば》にいた丸髷《まるまげ》の、これも腰《こし》から下《した》のない女《おんな》が起《た》ちあがった。同時《どうじ》に伴蔵《ともぞう》は眼《め》さきが暗《くら》んだ。

三

46

伴蔵《ともぞう》は顫《ふる》いながら家《うち》へ帰《かえ》り、夜《よる》の明《あ》けるのを待《ま》ちかねて白翁堂勇斎《はくおうどうゆうさい》の家《いえ》へ飛《と》んで往《い》った。そして、まだ寝《ね》ていた勇斎《ゆうさい》を叩《たた》き起《おこ》した。

「先生《せんせい》、萩原《はぎわら》さまが、たいへんです」

勇斎《ゆうさい》は血《ち》の気《け》のない伴蔵《ともぞう》の顔《かお》をきっと見《み》た。

「どうかしたのか」

「どうのこうのって騒《さわ》ぎじゃございませんよ、萩原《はぎわら》さまの処《ところ》へ毎晩《まいばん》女《おんな》が泊《とま》りに来《き》ます」

「壮《わか》い独身者《ひとりもの》のところじゃ、そりゃ女《おんな》も泊《とま》りに来《く》るだろうよ。で、その女《おんな》が悪党《あくとう》だとでも云《い》うのか」

「そう云《い》うわけではありませんが、じつは」

伴蔵《ともぞう》はそれから前夜《ぜんや》の怪異《かいい》をのこらず話《はな》した。すると勇斎《ゆうさい》が、

「此《こ》のことは、けっして人《ひと》に云《い》うな」

と云《い》って、藜《あかざ》の杖《つえ》をついて伴蔵《ともぞう》といっしょに新三郎《しんざぶろう》の家《うち》へ往《い》った。そして、い

ぶかる新三郎《しんざぶろう》に人相《にんそう》を見《み》に来《き》たと云《い》って、懐《ふところ》から天眼鏡《てんがんきょう》を取《と》り出《だ》して其《そ》の顔《かお》を見《み》ていたが、

「萩原氏《はぎわらし》、あなたの顔《かお》には、二十日《はつか》を待《ま》たずして、必《かなら》ず死《し》ぬと云《い》う相《そう》が出《で》ている」

と云《い》った。新三郎《しんざぶろう》はあきれた。

「へえ、私《わたし》が」

「しかたがない、必《かなら》ず死《し》ぬ」

そこで新三郎《しんざぶろう》が何《なん》とかして死《し》なないようにできないだろうかと云うと、勇斎《ゆうさい》が毎晩来《まいばんく》る女《おんな》を遠《とお》ざけるより他《ほか》に途《みち》がないと云《い》ったが、新三郎《しんざぶろう》は勇斎《ゆうさい》がお露《つゆ》のことを知《し》るはずがないと思《おも》っているので、

「女《おんな》なんか来《き》ませんよ」

と云《い》った。すると勇斎《ゆうさい》が、

「そりゃいけない、昨夜《ゆうべ》見《み》た者《もの》がある、あれはいったい何者《なにもの》です」

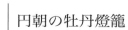

新三郎《しんざぶろう》はもうかくすことができなかった。

「あれは牛込《うしごめ》の飯島《いいじま》と云《い》う旗下《はたした》の娘《むすめ》で、死《し》んだと思《おも》っておりましたが、聞《き》けば事情《じじょう》があって、今《いま》では婢《じょちゅう》のお米《よね》と二人《ふたり》で、谷《や》中《なか》の三崎《みさき》に住《す》んでいるそうです。私《わたし》はあれを、ゆくゆくは女房《にょうぼう》にもらいたいと思《おも》っております」

「とんでもない、ありゃ幽霊《ゆうれい》だよ、死《し》んだと思《おも》ったら、なおさらのことじゃないか」

しかし、新三郎《しんざぶろう》は信《しん》じなかった。勇斎《ゆうさい》は其《そ》の顔《かお》をじっと見《み》た。

「それじゃ、おまえさんは、その三崎村《みさきむら》の女《おんな》の家《うち》へ往《い》ったことがありなさる」

新三郎《しんざぶろう》は無論《むろん》お露《つゆ》の家《いえ》は知《し》らなかった。それに、新三郎《しんざぶろう》は勇斎《ゆうさい》の態度《たいど》があまり真《しん》剣《けん》であるから何《なん》となく不安《ふあん》を感《かん》じて来《き》た。

「先生《せんせい》、それなら、これから三崎《みさき》へ往《い》って調《しら》べて来《き》ます」

そこで新三郎《しんざぶろう》は三崎村《みさきむら》へ往《い》った。そして、彼方此方《あちらこちら》と尋《たず》ねてみたが、それらしい家《いえ》がないので、不思議《ふしぎ》に思《おも》いながら帰《かえ》ろうと思《おも》って新幡随院《しんばんずいいん》の方《ほう》へ来《き》た。新三郎《しんざぶろう》はもうへとへとになっていた。其《そ》の新三郎《しんざぶろう》が新幡随院《しんばんずいいん》の境内《けいだい》を通《とお》りぬけようとしたところで、堂《どう》の後《うしろ》になった墓地《ぼち》に、角塔婆《かくとうば》を建《た》てた新《あたら》しい墓《はか》が二《ふた》つ並《なら》んでいた。そして、其処《そこ》には牡丹《ぼたん》の花《はな》のきれいな燈籠《とうろう》が雨《あま》ざらしになっていた。新三郎《しんざぶろう》の眼《め》は其《そ》の牡丹燈籠《ぼたんどうろう》に貼《は》りついたようになった。それは彼《か》のお米《よね》がお露《つゆ》とともに毎夜《まいよ》点《つ》けて来《き》る燈籠《とうろう》とすこしも変《か》わらなかった。新三郎《しんざぶろう》はもしやと思《おも》って寺《てら》の台所《だいどころ》へ往《い》って聞《き》いてみた。すると其処《そこ》にいあわせた坊主《ぼうず》が、

「あれは牛込《うしごめ》の旗下《はたもと》で、飯島平左衛門《いいじまへいざえもん》と云《い》う人《ひと》の娘《むすめ》と、婢《じょちゅう》の墓《はか》だ」

と云《い》った。それを聞《き》くと新三郎《しんざぶろう》は蒼《あお》くなって

走《はし》った。そして、其《そ》の足《あし》で勇斎《ゆうさい》の処《ところ》へ往《い》って右《みぎ》の事情《じじょう》を話《はな》した。

「占《うらな》いで、来《こ》ないようにできますまいか」

48

「占《うらな》いで幽霊《ゆうれい》の処置《しょち》はできん。彼《あ》の新幡随院《しんばんずいいん》の和尚《おしょう》はなかなか豪《えら》い人《ひと》で、わしも心《こころ》やすいから、手紙《てがみ》をつけてやる、和尚《おしょう》の処《ところ》へ往《い》って頼《たの》んでみるがいい」

新幡随院《しんばんずいいん》の住持《じゅうじ》は良石和尚《りょうせきおしょう》と云《い》って、当時名僧《とうじめいそう》として聞《きこ》えていた。新三郎《しんざぶろう》は勇斎《ゆうさい》から手紙《てがみ》をもらって良石《りょうせき》和尚《おしょう》を尋《たず》ねて往《い》った。良石和尚《りょうせきおしょう》は新三郎《しんざぶろう》を己《じぶん》の室《へや》へ通《とお》して其《そ》の顔《かお》を見《み》ていたが、

「おまえさんの因縁《いんねん》は、深《ふか》いわけのある因縁《いんねん》じゃ、それはただいちずにおまえさんを思《おも》うている幽霊《ゆうれい》が、三世《さんぜ》も四世《よんせい》も前《まえ》から、生《い》きかわり死《し》にかわり、いろいろの容《さま》を変《か》えてつきまとうているから、遁《のが》れようとしても遁《のが》れられないが」

と云《い》って、死霊除《しりょうよけ》のお守《まもり》をかしてくれた。それは金無垢《きんむく》で四寸二分《よんすんにぶん》ある海音如来《かいおんにょらい》

のお守《まもり》であった。そしてそれとともに一心《いっしん》になって読経《どきょう》せよと云《い》って、雨宝陀羅尼《うほうだらに》経《きょう》という経文《きょうもん》とお札《ふだ》をくれた。

新三郎《しんざぶろう》は良石和尚《りょうせきおしょう》にあつく礼《れい》を云《い》って帰《かえ》って来《き》たが、帰《かえ》ってくると早速勇斎《さっそくゆうさい》に手《て》伝《つだ》ってもらって、和尚《おしょう》の云《い》ったようにお札《ふだ》をいたる処《ところ》に貼《は》り、海音如来《かいおんにょらい》のお守《まもり》を胴巻《どうまき》に入《い》れて首《くび》にかけ、蚊帳《かや》を釣《つ》って其《そ》の中《なか》で経文《きょうもん》を読《よ》んでいた。

其《そ》のうちに夜《よる》になって、カラコン、カラコンと云《い》う下駄《げた》の音《おと》が聞《きこ》えて来《き》た。新《しん》三郎《ざぶろう》は一心《いっしん》になって経文《きょうもん》を唱《とな》えていたが、やがて駒下駄《こまげた》の音《おと》が垣根《かきね》の傍《そば》でぴたりととまったので、恐《おそ》るおそる蚊帳《かや》から出《で》て雨戸《あまど》の節穴《ふしあな》から覗《のぞ》いてみた。いつも

のようにお米《よね》が牡丹燈籠《ぼたんどうろう》を持《も》っている後《うしろ》に、文金《ぶんきん》の高髷《たかまげ》に秋草色染《あきくさいろぞめ》の振《ふり》袖《そで》を著《き》たお露《つゆ》が、絵《え》の中《なか》から抜《ぬ》け出《で》たような美《うつく》しい姿《すがた》を見《み》せていた。新三郎《しんざぶろう》はぞっとした。其《そ》の時《とき》家《うち》の周《しゅう》囲《い》に眼《め》をやっていたお米《よね》がお露《つゆ》の方《ほう》を見《み》た。

「お嬢《じょう》さま、昨夜《ゆうべ》のお詞《ことば》と違《ちが》って萩原《はぎわら》さまは、お心変《こころがわり》あそばして、あなたが入《いり》れないようにしてございますから、とてもだめでございます。あんな心《こころ》の腐《くさ》った男《おとこ》は、もうお諦《あきら》めあそばせ」

「あれほどまでにお約束《やくそく》をしたのに、変《かわ》りはてた萩原《はぎわら》さまのお心《こころ》が情《なさ》けない。お米《よね》や、どうぞ萩原《はぎわら》さまに逢《あ》わせておくれ、逢《あ》わせてくれなければ、私《わたし》は帰《かえ》らないよ」

お露《つゆ》は振袖《ふりそで》を顔《かお》にあてて泣《な》きだした。其《そ》のうちに二人《ふたり》が裏口《うらぐち》の方《ほう》へ廻《まわ》ったようであるから、新三郎《しんざぶろう》は蚊帳《かや》の中《なか》へ入《はい》ってぶるぶると顫《ふる》えていた。

四

50

おみねはうす暗《ぐら》い行燈《あんどん》の下《した》で一所懸命《いっしょけんめい》に手《て》内職《ないしょく》をしていたが、ふと其《そ》の手《て》を止《と》めて蚊《か》帳《や》の中《なか》をすかすようにした。処《ところ》どころ紙撚《かみより》でくくった其《そ》の蚊帳《かや》の中《なか》では、所天《おっと》の伴蔵《ともぞう》が両手《りょうて》を膝《ひざ》についてきちんと坐《すわ》り、何《なに》かしらしきりに口《くち》の裏《うら》で云《い》っていた。おみねは所天《おっと》の態度《たいど》がおかしいので目《め》を睁《みは》った。と、その時《とき》みずみずしい女《おんな》の声《こえ》が聞《きこ》えて来《き》た。おみねはおやと思《おも》ったが、そのうちに女《おんな》の声《こえ》も聞えなくなったので、そのままにしていると、その翌晩《よくばん》もまたその翌晩《よくばん》も同《おな》じように伴蔵《ともぞう》の所《ところ》へ女《おんな》が来《く》るようであるから、とうとうがまんがしきれなくなった。

「人《ひと》が寝《ね》ないで稼《かせ》いでいるのに、ばかばかしい、毎晩《まいばん》おまえの所《ところ》へ来《く》る女《おんな》は、ありゃ何《なに》だね」

すると伴蔵《ともぞう》が蒼《あお》い顔《かお》をして話《はな》しだした。それは牡丹燈籠《ぼたんどうろう》を点《つ》けたお露《つゆ》とお米《よね》が来《き》て、新三郎《しんざぶろう》の家《うち》の裏《うら》の小《ちい》さい窓《まど》へ貼《は》ってあるお札《ふだ》を剥《はが》してくれと云《い》って頼《たの》むので、明日《あす》剥《はが》しておくと云《い》って約束《やくそく》したが、其《そ》の日《ひ》は畑《はたけ》へ往《い》ってすっかり忘《わす》れていたところで、その夜《よる》また二人《ふたり》が来《き》て何故《なぜ》剥《はが》してくれないかと云《い》った。そこで忘《わす》れていたから明日《あす》はきっと剥《はが》しておくと云《い》ったが、考《かんが》えてみると、いくらなんでもあんな小《ちい》さい窓《まど》から人間《にんげん》が出入《でいり》のできるものではない。これはきっと幽霊《ゆうれい》にちがいないから、もしもの事《こと》があってはたいへんだと思《おも》って、おみねにも話《はな》さずにいるとのことであった。

「そんなわけで、おれは此処《ここ》を引越《ひっこ》してしまおうと思《おも》うよ」
するとおみねが、

「明日《あす》の晩来《ばんき》たら、私《わたくし》ども夫婦《ふうふ》は、萩原《はぎわら》さまのおかげで、こうやっているから、萩原《はぎわら》さまに万一《まんいち》の事《こと》があっては、生活《くらし》がたちませんから、どうか生活《くらし》のたちゆくようにお金《かね》を百両《ひゃくりょう》持《も》って来《き》てください。そうすれば、きっと剥《は》がしておきますと云《い》うがいいよ」
と云《い》った。

51

その翌日《よくじつ》、伴蔵《ともぞう》とおみねは新三郎《しんざぶろう》の家《うち》へ往《い》って、無《む》理《り》に新三郎《しんざぶろう》に行水《ぎょうずい》をつかわすことにして、伴蔵《ともぞう》が三畳《さんじょう》の畳《たたみ》をあげると、おみねが己《じぶん》の家《いえ》で沸《わか》した湯《ゆ》と盥《たらい》を持《も》って来《き》た。そこで新三郎《しんざぶろう》は衣服《きもの》を脱《ぬ》ぎ、首《くび》にかけていた彼《か》の海音如来《かいおんにょらい》のお守《まもり》を除《と》った。

「伴蔵《ともぞう》、これはもったいないお守《まもり》だから、神棚《かみだな》へあげておいてくれ」

伴蔵《ともぞう》はそれを大事《だいじ》そうに執《と》った。

「おみね、旦那《だんな》の体《からだ》を洗《あら》ってあげな」

おみねは新三郎《しんざぶろう》の後《うしろ》へ廻《まわ》って洗《あら》いだした。そして、何《なに》かと云《い》いながら襟《えり》を洗《あら》うふうをして伴蔵《ともぞう》の方《ほう》を見《み》せないようにした。

其《そ》の時《とき》伴蔵《ともぞう》は彼《か》の胴巻《どうまき》から金無垢《きんむく》のお守《まもり》を取《と》り出していた。伴蔵《ともぞう》とおみねは、お露《つゆ》から百両《ひゃくりょう》のお礼《れい》をするから、お札《ふだ》の他《ほか》にお守《まもり》を隠《かく》しておいてくれと云《い》われているので、行水《ぎょうずい》に事《こと》よせてそれを盗《ぬす》もうとしているところであった。

伴蔵《ともぞう》は海音如来《かいおんにょらい》のお守《まもり》を抜《ぬ》きとると、其《そ》のあとへ持《も》って来《き》ていた瓦《かわら》で作《つく》った不動様《ふどうさま》の像《ぞう》を押《お》

しこんで、もとのように神棚《かみだな》へあげた。そして、新三郎《しんざぶろう》の行水《ぎょうずい》が終《おわ》ると、二人《ふたり》はそしらぬ顔《かお》をして帰《かえ》って来《き》たが、帰《かえ》って来《く》るなり、海音如来《かいおんにょらい》のお守《もり》を羊羹箱《ようかんばこ》の古《ふる》いのへ入《い》れて畑《はたけ》の中《なか》に埋《う》め、今夜《こんや》はお露《つゆ》たちが百両《ひゃくりょう》の金《かね》を持《も》って来《く》るから、其《そ》の前祝《まえいわ》いだと云《い》って、二人《ふたり》でさし対《むか》って酒《さけ》を飲《の》んでいた。

52

其《そ》のうちに八《やっ》つ比《ごろ》になった。そこでおみねは戸棚《とだな》の中《なか》へかくれ、伴蔵《ともぞう》が一人《ひとり》になってちびりちびりとやっていると、清水《しみず》の方《ほう》からカラコン、カラコンと駒下駄《こまげた》の音《おと》が聞《きこ》えて来《き》たが、やがてそれが生垣《いけがき》の傍《そば》でとまったかと思《おも》うと、

「伴蔵《ともぞう》さん、伴蔵《ともぞう》さん」

と云《い》って、お米《よね》とお露《つゆ》が縁側《えんがわ》へ寄《よ》って来《き》た。伴蔵《ともぞう》が顫《ふる》えながら返事《へんじ》すると、お米《よね》が、

「毎晩《まいばん》あがりまして、御迷惑《ごめいわく》なことを願《ねが》い、まことに恐《おそ》れいりますが、まだ今晩《こんばん》もお札《ふだ》が剥《はが》れておりませんから、どうかお剥《はが》しなすってくださいまし」

「へい剥《はが》します、剥《はが》しますが、百両《ひゃくりょう》の金《かね》を持《も》って来《き》てくだすったか」

「はい、たしかに持参《じさん》いたしましたが、海音如来《かいおんにょらい》のお守《まもり》は」

「あれは、他《ほか》へかくしました」

「さようなれば百両《ひゃくりょう》の金子《きんす》をお受《う》け取《と》りくださいませ」

お米《よね》はそう云《い》って伴蔵《ともぞう》の前《まえ》へ金《かね》を出《だ》した。それはたしかに小判《こばん》であった。まさか幽霊《ゆうれい》が百両《ひゃくりょう》の金《かね》をと内心疑《ないしんうたが》っていた伴蔵《ともぞう》は、それを見《み》るともう怖《こわ》いことも忘《わす》れて、

「それでは、ごいっしょにお出《い》でなせえ」

と云《い》って、二間梯《にけんばしご》を持《も》ち出《だ》して新三郎《しんざぶろう》の家《うち》の裏窓《うらまど》の所《ところ》へかけ、顫《ふる》い顫《ふる》いあがってお札《ふだ》を引剥《ひっぺ》がした機《ひょうし》に、足《あし》を踏《ふ》みはずして畑《はたけ》の中《なか》へ転《ころ》げ落《お》ちた。

「さあお嬢《じょう》さま、今晩《こんばん》は萩原《はぎわら》さまにお目《め》にかかって、十分《じゅうぶん》にお怨《うら》みをおっしゃいませ」

お米《よね》はお露《つゆ》を促《うなが》して裏窓《うらまど》から入《はい》って往《い》った。

翌朝《よくあさ》になって伴蔵《ともぞう》は、欲《よく》にからんでやったものの、さすがに新三郎《しんざぶろう》のことが気《き》にかかるので、おみねを伴《つ》れて容子《ようす》を見《み》に往《い》った。

そして、雨戸《あまど》を開《あ》けて中《なか》を覗《のぞ》くなり、のけぞるように驚《おどろ》いて白翁堂勇斎《はくおうどうゆうさい》の家《いえ》へ往《い》き、勇斎《ゆうさい》を伴《つ》れて新三郎《しんざぶろう》の家《いえ》へ取《と》って返《かえ》した。新三郎《しんざぶろう》は蒲団《ふとん》の中《なか》で死《し》んでいたが、よほど苦《くる》しんだとみえて、虚空《こくう》を掴《つか》み歯《は》をくいしばっていたが、その傍《そば》に髑髏《どくろ》があり、手《て》の骨《ほね》らしいものもあって、それが新三郎《しんざぶろう》の首《くび》にからみついていた。

中文翻譯

圓朝牡丹燈籠

田中貢太郎

一

萩原新三郎和住在廂房的伴藏結伴一起前往柳島的橫川釣魚，那是五月初的事。雖然目的是去釣魚，但由於新三郎對釣魚實在不感興趣，於是便喝起壺裡的酒來。

就在幾個月前，新三郎曾和醫生山本志丈一起前往龜戶賞梅，在回程途中順道尋訪志丈的一位友人——名叫飯島平左衛門的將軍家武士——在橫川的別墅。新三郎當時認識了平左衛門的獨生女阿露，自此以來，新三郎便對阿露朝思暮想、念念不忘，但又不便單獨前去拜訪阿露，所以他一直在等著志丈前來找他。這時剛好伴藏來邀他一起去釣魚。他心想，這樣至少還可以從外面觀察飯島家別墅裡面的情況。於是當天早上，他們就向神田昌平橋的船家僱請了船伕，來到了橫川。

新三郎喝著喝著，不知不覺中，因為喝醉

而睡著了。伴藏則一直釣魚釣到天黑，見新三郎遲遲沒有醒過來，於是出聲叫醒他：

「官人，您睡在這裡會染上風寒的！」

新三郎醒來往岸邊一瞧，看見了雙排竹圍牆，還有座小門——看樣子，那裡的確就是飯島家的別墅沒錯。

「伴藏，叫船伕在這裡靠一下岸，我要去一個地方，馬上回來。」

於是他讓船靠岸，上岸朝小門的方向走去，想打探裡面的情況。他發現小門好像是開著的，於是便逕自走了進去。因為他曾經來過一次，所以知道方位。他沿著赤松生長的泉水邊往前走，發現那裡有間雅緻的四個半榻榻米大的房間，只見阿露臉色蒼白、滿臉病容地坐在掛著蚊帳的地方。新三郎躡手躡腳地走進拉門。這時阿露也正好抬起頭來望向他這邊，突然間她的眼神變得閃閃發亮。

「啊！您不是新三郎先生嗎？」

阿露正因為太想念新三郎而一直鬱鬱寡歡。（見到新三郎）她忘記了矜持，拉著新三郎的手走進了蚊帳裡面。過了一會兒，阿露拿起放在旁邊的香盒，對他說：「這是我母親留給我作紀念的遺物，是我非常珍惜的香盒。請您收下，見到它就像見到我一樣。」

說完，她把香盒拿到新三郎的面前。那是一個手工精緻、質感高雅的香盒，上面還鑲有秋野蟲草圖案。新三郎按照她的意思收下香盒，當他正想打開盒蓋欣賞時，突然隔間的紙門被拉開，有人走了進來。那人正是阿露的父親平左衛門。兩人嚇得趕緊起身站了起來。平左衛門提著一盞紙燈喊說。

「阿露，過來這裡！」

接著當他見到新三郎時，便問說：「你是什麼人？」

新三郎嚇得縮成一團，回答說：

「小……小生我是叫做萩原新三郎的一位冒失鬼。實在是抱歉！」

平左衛門氣得雙肩顫抖，只見他狠狠地瞪著阿露怒罵說：

「再怎麼說妳也是將軍家直屬武士的女兒，怎麼可以讓男人登堂入室呢？這未免也太不像話了！要是讓外人知道的話，還以為我們飯島家的家教不嚴呢！像妳這樣敗壞門風、愧對祖先、不孝不義、不知廉恥的人，我要親手殺了妳！妳覺悟吧！」

這時新三郎走向前說：

「請您不要責怪小姐，她一點也沒有錯。您要怪就怪我！」

「不，不，這都是我的錯，請您懲罰我吧！」

阿露袒護新三郎。這時平左衛門抽出武士刀。

「你都犯下不義之有罪！我先殺我女兒，之後再來解決你。」

平左衛門剛說完，便突如其來地砍下了阿露的頭。只見阿露梳著島田髻的頭顱滾落到前面。新三郎嚇得身子往前軟倒。這時，平左衛門的刀鋒已經揮來，新三郎感覺臉頰到下巴之間一陣刺痛竄過。

「官人！官人！看來您像是被惡夢驚嚇了，發出很淒厲的叫聲呢！您不要嚇我啊！官人！」

新三郎被他的聲音驚醒，睜開眼睛。伴藏來到他的枕邊，正在拚命地叫醒他。新三郎神色慌張地四周張望。

「伴藏，我的頭沒有落地吧？」

「這樣喔，我看看！我每次在船邊敲煙管時，煙管頭也是經常掉落到河裡。」

「不是啦！我是說我的人頭啦！沒有任何一點傷痕吧？」

「別開玩笑了啊！你的人頭怎麼會有傷痕呢？」

不久，新三郎催促船伕急忙將船開回去，結果在下船時，聽到伴藏對他說：

「官人，這裡有樣東西掉落下來耶！」

他一看伴藏遞給他的東西，發現那是剛剛在夢中，阿露交給他的鑲嵌秋蟲圖案的香盒蓋子。

二

那是盂蘭盆節十三日那天發生的事。當時新三郎已經將祭祀供桌準備妥當，於是便在走廊上鋪上坐墊，同時點上蚊香，一邊手搖著團扇趕蚊子，一邊賞月。上個月，久未見面的志丈前來找他，告訴他「阿露因為過度思念自己而鬱鬱成疾，終於不幸過世」的消息。自此以來，他便幫阿露立了牌位，供奉在自家佛壇前，每天為她誦經祈福，過著鬱鬱寡歡的日子。

突然，新三郎聽見綠色的圍籬外傳來木屐喀嗒喀嗒的聲音，他不經意地望了過去。他看見一位年約三十左右、梳著圓形髮髻的中年女性，

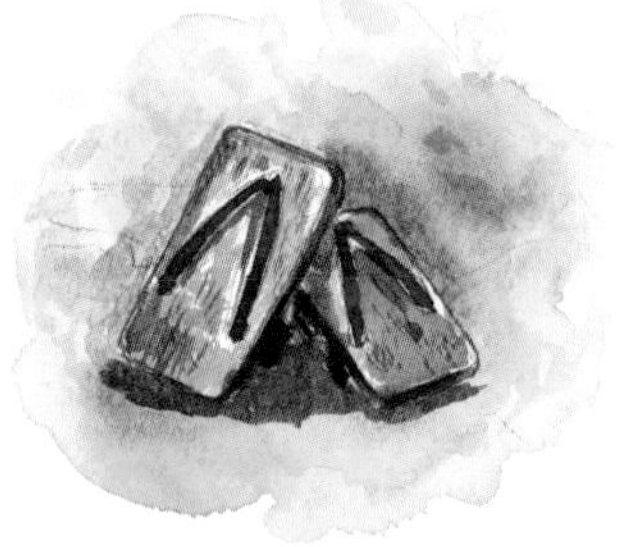

手上提著當時流行的皺紋紙牡丹燈籠，後面跟著一位年約十七、八歲的女子走了過來。那名年輕女子頭梳著文金高島田髻（譯註：類似新娘梳的日式髮型），身穿著秋草色染和服（譯註：紫色系），手拿著京都風浮世繪圖案的團扇，隨著搖曳生姿的步伐行進，不時露出緋紅色的襯衣長裙襬。

新三郎覺得那位年輕的女子很眼熟，似乎在哪裡見過。於是便踮起腳尖透過月光仔細一看，這時手提著牡丹燈籠的女子也停下腳步，定眼往這邊一瞧說：「咦？萩原先生！」

那位女子，正是飯島家的侍女阿米。

「咦？你不是阿米嗎？哎呀，你怎麼會在這裡呢？」

因為新三郎聽志丈說，就在阿露去世不久後，阿米也死了。因此他覺得很奇怪。但他隨即心想，一定是志丈信口開河，隨口說說罷了。

「來！打開那邊的折疊拉門，請進吧！」

他這麼一說，兩人便走了進來。跟在阿米後面的年輕女子正是阿露。阿米對新三郎說：

「真是意想不到！因為我們聽說萩原先生您已經去世了呢！」

這時新三郎才透露志丈告訴他的事。

「我這邊是聽說妳們兩人已經去世了呢！」

結果阿米跟他說：

「是志丈先生騙了您的！」

接著又告訴他，她兩人為何會來這裡。據阿米所言，事情是這樣子的——平左衛門的妾室阿國某日欺騙阿露，說新三郎已經死了。阿露信以為真，便說要出家為尼。但阿國勸她只要內心出家就夠了，不必真的當尼姑。結果她才平靜下來，這次換作父親提出要招贅收養子的事。但她抵死不從，拒絕招贅成親。於是便被父親趕出了家門，等於斷絕父女關係。如今兩人在谷中的三崎村租了一間破舊的房子，靠著阿米做手工針線活，勉強可以維生。阿露一心以為新三郎已經死了，因此每天為他誦經念佛。阿米接著又說：

「因為今日是盂蘭盆節，我們四處參拜以致晚歸，現在正要回去呢！」

新三郎得知阿露安然無事，所以很開心。

「原來如此！妳們看，我也是一樣。我也幫小姐立了牌位，還每天替她誦經念佛呢！」

阿米說：「萩原先生，原來您那麼關心小姐！」然後，像是突然想起什麼似地接著說：「如果是這樣的話，小姐說她願意接受您的情意。就算被斷絕父女關係或被老爺砍頭也再所不惜。您今天晚上，可以讓我們在這裡留宿一晚嗎？」

那正是新三郎求之不得的事。只不過廂房裡住著一位替人看面相，名為白翁堂勇齋的房客，有事沒事就會過來照顧新三郎的起居。這件事可千萬不能讓他知道了。

「這裡有位名叫勇齋的人很囉嗦，最好不要讓他知道。妳們從後門偷偷進來吧！」

於是阿米催促扭捏不安的阿露從後門進去，最後兩人就這樣留下來過夜。然後，隔天天還未亮之前就悄悄離開了。從此之後，阿露每天晚上都到新三郎的住處來找他。剛好就在第七天的晚上，住在廂房的伴藏，因為每天晚上都聽見從新三郎家傳來有人交談的聲音，感到很納悶，於是便前往新三郎家偷偷地從擋雨窗的縫隙往裏頭瞧。他看見新三郎和一位年輕的女子兩人在鋪著雙人鴛鴦草蓆的蚊帳內對坐著。伴藏驚訝地睜大了眼睛。這時他聽見女子的聲音說：「新三郎，要是我父親真的跟我斷絕父女關係的話，拜託您收留我和阿米。」

接著傳來新三郎的聲音：

「我當然會收留妳們。如果妳真的被趕出家

門的話，對我來說反而是件幸福的事。但是畢竟妳是獨生女，不必擔心你父親真的會和妳斷絕父女關係。只要日後，我們不會被活生生地拆散，被迫分開，我就一點都不引以為苦。」

「反正我已經認定你，非你不嫁就是了。就算被我父親知道了，他要砍我的頭也無所謂。不過相對的，如果您辜負我，要拋棄我的話，我可千萬不依喔！」

伴藏很想知道這女子的真面目。於是踮起腳尖，再次從擋雨窗的隙縫偷看屋內。這時他看見梳著島田髻的女子自腰部以下完全透明，只剩下皮包骨而已，凌亂的鬢毛貼在蒼白的臉上。她伸出宛如蠟燭般的枯木雙手，纏繞在新三郎的脖子上。這時，在她身旁梳著圓髻（包包頭）、腰部以下同樣是完全透明的侍女站了起來。同時間，伴藏只覺得眼前一陣昏暗。

三

伴藏渾身直打哆嗦地跑回家去。沒有等到天亮就直奔白翁堂勇齋的家中，用力地搖醒仍在睡夢中的勇齋。

「老師，大事不妙！萩原先生出事了！」

勇齋瞪著伴藏那張毫無半點血色的臉，問說：

「到底出了什麼事啊？」

「不是我窮緊張，這件事真的非同小可！每天晚上都有女人跑去萩原家過夜。」

「年輕的單身男子家，有女人來過夜也是很正常呀！到底怎麼啦？難不成那個女人是壞人嗎？」

「不是這樣啦！我老實告訴你好了。」

於是伴藏把昨天晚上看到的怪事，一五一十地告訴勇齋。勇齋聽了之後，告誡他：

「這件事絕對不可以讓其他人知道。」

然後便拄著藜杖與伴藏一起到新三郎家，對一臉詫異的新三郎說要幫他看面相。接著他從懷裡取出放大鏡，仔細觀看新三郎的臉。然後對新三郎說：

「萩原先生，從你的面相來看，不出二十天你就會必死無疑！」

新三郎聽到此言，感到非常震驚。

「誒！你是說我嗎？」

「我也無計可施。你必死無疑！」

於是新三郎詢問他有沒有方法可以化解死劫。勇齋告訴他：除非遠離那個每天晚上來找他的女子，否則無計可施。但新三郎認為勇齋應該不知道阿露的事情才對。於是騙勇齋說：

「哪有什麼女人來找我啊！」

勇齋回說：

「你別騙我了！昨天晚上有人看到。那個女人究竟是誰啊？」

新三郎知道再也無法隱瞞了。於是坦承招

認：

「那是住在牛込一位名叫飯島的將軍家直屬武士的千金，我原本以為她已經死了，但一問之下才知道原來有隱情。如今她和侍女阿米兩人住在谷中的三崎村。我將來打算要娶她為妻。」

「豈有此理！對方可是個鬼魂，更別說當時以為她已經死了！」

不過，新三郎還是不相信。勇齋定眼看著新三郎。

「那我問你，你曾經拜訪那個女子在三崎村的家嗎？」

新三郎對於阿露住家的事當然是一無所知，再加上勇齋的態度嚴肅，新三郎不由得感到有些不安。於是他只好說：

「老師，既然如此的話，那我就到三崎村走一趟，去查訪看看好了。」

於是新三郎便動身前往三崎村。經過他四處打聽，似乎都找不到如阿露口中所描述的房子。

新三郎也覺得很納悶，正準備要打道回府時，無意中來到了一所寺院——新幡隨院。這時，新三郎已經是精疲力盡了。當新三郎正要穿過新幡隨院的院內時，發現在寺院後面的墓地裡，有兩座新蓋好的墳墓，立著方形塔婆石碑，旁邊還掛著兩盞很漂亮的牡丹燈籠，任憑風吹雨淋。新三郎的眼睛幾乎要貼在牡丹燈籠上。因為那兩盞燈籠就跟阿米和阿露每天晚上提在手上走到他家來的燈籠，幾乎是一模一樣。新三郎心裡雖然已經有譜了，但仍還抱一絲希望到寺院的廚房試著打聽看看。結果就在廚房遇到一位和尚，那位和尚告訴他說：

「那是住在牛込的一位將軍家直屬武士——名叫飯島平左衛門——的女兒跟她的侍女的墳墓。」

新三郎聽完之後，頓時臉色慘白地立即拔腿離開寺院，然後直接衝到勇齋住處，告訴他這件事。

「你能替我用占卜的方式，讓她不要再來找我嗎？」

「用占卜的方式是無法趕走鬼魂的。那座新幡隨院的住持師父是一位很了不起的高僧。他跟我素有交情。我可以替你寫封信，你去找那位師父向他求助看看吧！」

新幡隨院的住持名叫良石和尚，據說在當時是一位有名的高僧。新三郎帶著勇齋寫的信去找良石和尚。良石和尚引領新三郎來到自己的房間，看著他的臉龐對他說：

「你們兩人累世以來有很深的因緣。那位對你一片癡情的鬼魂，從好幾世以來就不斷地輪迴轉世、改形易貌，一直跟你糾纏不休。所以就算你想要逃也逃不掉。」

於是他借給新三郎一尊驅逐亡靈的四寸兩分的純金海音如來護身佛像。和尚還給了他一本雨寶陀羅尼經和一些符咒，並囑咐他要一心不亂地專注唱誦經文。

新三郎向良石和尚深深致謝之後便返回住處。他一回到家，立刻去找勇齋來幫他。他們依照和尚所說的，在家裡四處貼上符咒，然後把海音如來的佛像放入肚兜帶，掛在脖子上。掛上蚊帳後，新三郎坐在裡面唸誦經文。

持續誦經當中，不知不覺夜幕低垂，當天深夜，他聽見傳來木屐喀嗒喀嗒的聲音。新三郎專心誦經，不久他聽見木屐聲在圍籬旁邊停了下來，之後就沒有任何動靜了。他戰戰兢兢地走出蚊帳，從擋雨窗木板上的洞口往外偷看。他看見阿米一如往常地提著一盞牡丹燈籠，而跟在她後面梳著文金島田髻、身穿秋草色染和服的阿露，宛如從畫中走出來的仕女般，展現美麗的樣貌。新三郎感到毛骨悚然。這時阿米打量著屋子的四周，然後望著阿露說：

「小姐，跟他昨晚的說詞完全不同，看來萩原先生已經變心了。他好像用了一些招數，刻意不讓我們進去屋內，所以根本就沒辦法了！像那種薄情寡義的負心漢，妳還是對他死心吧！」

「明明都已經跟我立下那樣的海誓山盟，沒想到萩原先生居然還是變了心，真是無情啊！阿米，無論如何，請讓我見他一面，如果不讓我見到他，我絕對不回去！」

阿露以衣袖掩面，開始啜泣了起來。過了一會兒之後，察覺兩人似乎已經繞往後門方向，於是新三郎趕緊鑽進蚊帳裡，嚇得全身直打哆嗦。

四

阿峰在昏暗的燈光下拼命地做著手工活，她突然停下手邊的工作，透過蚊帳觀察丈夫伴藏的樣子。只見丈夫伴藏的雙手放在膝蓋上，端坐在到處都用紙搓條補過的破蚊帳裡面，口中一直唸唸有詞。阿峰覺得丈夫的態度怪怪的，於是睜大眼睛直盯著他。這時，突然傳來女子嬌滴滴的聲音，阿峰感到納悶，但後來女子的聲音又消失了，阿峰也就沒有再追究了。但是到了隔天晚上，接著的大後天晚上，那個女子似乎又來找他。到最後阿峰終於忍不住了，於是對丈夫說：

「人家我為了掙錢，每天晚上不眠不休地都在幹活兒，還真是蠢啊！但現在竟然每天晚上都有女人上門來找你，那個女人到底是誰啊？」

這時，伴藏才臉色蒼白地對她解釋：那是提

著牡丹燈籠的阿米和阿露，她們來拜託我把貼在新三郎家後面小窗戶上的符咒給撕下來。我本來答應她們明天要去撕的，但是當天因為去田裡工作，所以把這件事給忘得一乾二淨。想不到她們隔天晚上又來問我：「為什麼沒有把符咒撕下來呢？」我只好回答說：「因為我忘了，明天一定會先去把它給撕下來。」但後來仔細一想，正常的人再怎麼樣也無法從那個小小的窗戶進出。她們肯定是女鬼沒錯。萬一要是出了什麼事的話可就糟了。所以才決定要一直瞞著你這件事。

「就是因為這個原因，所以我正想搬離這裡！」

於是阿峰對伴藏說：

「要是她們明天晚上再來找你的話，你就這樣說好了：『多虧萩原先生照顧，我們夫妻才能勉強過活。但萬一萩原先生出事的話，我們就無以為生了。為了讓我們能夠生活下去，請兩位拿出一百兩金幣來。這麼的話，我絕對會幫妳們把符咒撕掉。』」

隔天，伴藏和阿峰前往新三郎的家，硬是要幫他沐浴淨身。伴藏拉開了三塊榻榻米，阿峰隨即把自己在家裡先煮好的熱水和臉盆端過來。於是新三郎便脫掉衣服，拿下掛在身上的海音如來護身佛像。

「伴藏，這個護身佛像很重要，你幫我拿去放在神桌上。」

伴藏一副很慎重的樣子，拿著那個護身佛像。

「阿峰，去幫官人擦澡吧！」

阿峰繞到新三郎的背後開始幫他擦澡。她一邊擦洗洗頸部邊跟他閒話家常，刻意不讓他有機會看到伴藏的動作。

那時伴藏正好從新三郎的肚兜袋中取出純金護身佛像。因為阿露答應要給他一百兩金幣當作謝禮。除了要他撕下符咒之外，還要把護身佛像給藏起來。因此他打算趁著新三郎沐浴淨身時暗地偷走。

伴藏取出海音如來護身佛像之後，隨即把家裡帶過來的瓦製不動明王像塞進肚兜袋裡，然後再放回原來的神桌上。等到新三郎沐浴淨身完畢之後，阿峰和伴藏兩人一副若無其事的表情離去。兩人一回到家裡，馬上把海音如來護身佛像放入舊羊羹盒子裡，連同盒子一起埋在田裡。因為今天晚上阿露會帶著百兩金幣送上門來，他們夫妻倆便提前慶祝，對坐開始飲酒作樂。

就這樣喝到了午夜兩點左右，阿峰先躲進櫥櫃裡面，留下伴藏一人繼續獨酌。這時他聽見從清水的方向傳來喀嗒喀嗒的木屐聲。過了一會兒，他才想說她們該不會停在圍籬旁時，忽然聽見阿米和阿露在叫他：

「伴藏、伴藏」

阿米和阿露已經來到走廊上。伴藏全身顫抖地應聲。阿米對他說：

「我們每天晚上都來打擾你，真的很抱歉！今天晚上符咒好像還沒有撕下來的樣子，麻煩你去幫我們撕下來。」

「好的，我會撕，我會去撕下來的！可是妳有帶一百兩金幣來嗎？」

「有。我確實有帶來。那個海音如來護身佛像呢？」

「那個護身佛像，我把它藏在別的地方。」

「如果是那樣的話就好了。這是要給你的一百兩金幣，拿去吧！」

阿米說著就將金幣放在伴藏的面前——那的確是一枚枚的小判金幣沒錯。心中存疑女鬼怎麼會拿出金幣的伴藏，一看到金幣馬上就忘記害怕，立刻對她說：

「那，我們就一起去吧！」

於是伴藏拿出十二尺長的梯子掛在新三郎家的後窗上，當他全身顫抖地爬上梯子，伸手將符咒撕下來的瞬間，一個不小心失足踩空，就那樣摔進了田裡。

「來吧！小姐！妳今晚就可以見到萩原先生了。您就盡量傾訴委屈，一吐怨氣吧！」

阿米催促阿露從後窗進入房間。

到了隔天早上，雖然伴藏因為利慾薰心出賣了新三郎，但他還是很擔心新三郎，於是便帶著阿峰一起去查看情況。

當他打開擋雨窗窺探裡面的情形時，嚇到整個人往後仰，連忙衝到白翁堂勇齋的家，然後再帶著勇齋返回新三郎的家裡。他們發現新三郎已經死在棉被裡了，看起來好像很痛苦的樣子。緊握的雙拳停在半空中，臉上露出咬牙切齒的表情。在他身旁則有一具骷髏，像是手骨的東西緊緊地纏住新三郎的脖子。

導讀　古盤宅院

靜岡英和學院大學准教授・蔡佩青

陳舊的木造水井口，女子幽幽地拉長了脖子探出蒼白的側臉，下垂的鳳眼張得斗大盯著我……仔細一看，長髮下隱約透出的並非白嫩的脖子，而是一個個充滿異國色彩的盤子。一個、兩個、三個、四個……。

這是日本江戶時代的知名畫家葛飾北齋（一七六〇～一八四九年）❶以「百物語」❷怪談為題所畫的「さらやしき（皿屋敷）」❸。深紫色的背景更凸顯阿菊慘白的臉龐，但北齋的阿菊一點也不哀怨，隨著嘴中吐出的那一縷氣息，我彷彿聽見阿菊嘆息著：「唉！數盤子數得好累啊！」

阿菊和《四谷怪談》的阿岩、《累之淵》的阿累❹，並列為日本三大幽靈。其故事原型的最早紀錄可追溯至十七世紀末，而在十八世紀初便至少已流傳了三種版本，故事舞台分別在雲州松江（現島根縣松江市）、播州姬路（現兵庫縣姬路市）和江戶番町（現東京都千代田區西部）。但事實上，阿菊的故事遍及日本全國各地，並且被改編為歌舞伎、淨瑠璃等傳統戲曲；故事內容也在流傳過程中不斷變化，到了名劇作家岡本綺堂手中，甚至蛻變成阿菊與青山之間的愛情無法靈犀相通的悲戀故事。但無論如何，田中貢太郎選了最富有符合怪談故事的情節，且最牽引讀者的恐懼情緒，教人毛骨悚然的一篇。

主人名為青山主膳的版本，出自於被稱為「近世講談❺之祖」的馬場文耕（一七一八～一七五九年）所寫的《皿屋舖辨疑録》。《皿屋舖辨疑録》從說明古盤宅院的所在地開始，接著提到在青山主膳接管之前，已經發生過前任女屋主天樹院虐殺愛人與下女後丟棄井底的事件；然後再描述青山主膳生性殘暴、不仁不義的作為，女主人因忌妒下女阿菊的美貌而苛虐阿菊；最後才敘述阿菊摔破古董盤子，被切斷中指時高喊要對女主人將出生的小孩報仇，爾後投井自殺並化成幽靈詛咒青山一家，使其家族全員滅絕為止。

《皿屋舖辨疑録》將幾個看似毫無關係的故事串連在一起，每個故事中兇殘角色的下場都是淒慘的現世報，是一部以教化為主的小說。但在怪談盛行的時代裡，道德寓意已經不重要。如何把故事描述得動人，誘發聽眾的恐懼情緒衝到極點，卻又不得不在意故事的後續發展，才是「百物語」的真髓。田中貢太郎從《皿屋舖辨疑録》中精選最具怪談效果的阿菊故事，在阿菊為了追趕偷魚吃的貓而不慎打破主人青山珍藏的古董盤子之後，先佈下幾場令人屏息的緊張橋段。之後描寫阿菊在側室的同情安慰之下才鬆了口氣，緊接著就被女主人拉到青山面前告狀的場面，接著說時遲那時快青山的手已經架在刀柄上，雖然女主人擔心壞了新春好兆頭而連忙阻止，青山還是忍不住怒氣一刀斬下阿菊的中指。

而真正教人發毛的是，田中貢太郎不刻意描述阿菊對青山一家下詛咒，甚至不言明阿菊是否真正投井身亡；在阿菊從這個世界消失，直到青山一家遭遇種種靈異事故之間，是這則故事最輕描淡寫的部分，誰也沒料到冤死的阿菊在聽眾稍稍喘息之際，已飄盪在異界做好復仇的準備。田中貢太郎雖然保留了高僧❻超渡亡魂的結局，但仍絲毫不減整篇故事教人悚然心驚的文風，更增添了聽眾（讀者）對阿菊的側隱之情。

註

❶葛飾北齋：以從日本各地眺望富士山為主題的版畫「富嶽三十六景」，以及收錄了近四千種手繪圖的『北齋漫畫』聞名世界。且為美國雜誌『Life』在一九九九年所選出的「近千年來最具功績的一百人」中，唯一入選的日本人。

❷「百物語」怪談會盛行於江戶時代，每說完一則怪談便吹熄一盞燭火，當第一百盞燭火熄滅時，真正的幽靈便從異界現身……。

❸《皿屋敷》最早紀錄於元祿二（一六八九）年所發行的《本朝故事因緣集》卷二「雲州松江皿屋敷」，故事的描述極為簡潔，但已是一篇鋪陳相當完整的怪談。冤死的下女夜夜細數盤子，但因為數不到第十個而發狂哭喊；最後出現一位高僧替下女接著數出第十個盤子，冤魂便從此消失。

❹《累之淵》：生來相貌不佳的阿累為夫所棄，丈夫將其推下河川殺害之後連續改娶六任後妻，卻都遭受阿累冤魂的咒詛而亡。

❺講談：日文又稱「講釋」，是流行於江戶時代的一種民間說唱藝術。類似說書，單口相聲。

❻了譽上人（一三四一～一四二〇年）：淨土宗第七祖師，被稱為中興之師。應永二十二（一四一五）年創建傳通院（正式名稱為「無量山傳通院壽經寺」），位於東京都文京區。《皿屋敷》的時代背景設定在十七世紀，並不符合了譽上人的生存年代，可推測原因之一為單純利用了譽上人的高僧名號，其二是《皿屋鋪辨疑錄》前半段的故事主角天樹院的遺骸便葬於傳通院。

原文鑑賞

皿屋敷《さらやしき》

田中貢太郎《たなかこうたろう》

53

番町《ばんちょう》の青山主膳《あおやましゅぜん》の家《いえ》の台所《だいどころ》では、婢《げじょ》のお菊《きく》が正月二日《しょうがつふつか》の昼《ひる》の祝《いわ》いの済《す》んだ後《あと》の膳《ぜん》具《ぐ》を始末《しまつ》していた。この壮《わか》い美《うつく》しい婢《げじょ》は、粗相《そそう》して冷酷《れいこく》な主人夫婦《しゅじんふうふ》の折檻《せっかん》に逢《あ》わないようにとおずおず働《はたら》いているのであった。

その時《とき》お菊《きく》のしまつしているのは主人《しゅじん》が秘蔵《ひぞう》の南京古渡《なんきんこわたり》の皿《さら》であった。その皿《さら》は十枚《じゅうまい》あった。お菊《きく》はあらったその皿《さら》を一枚一枚《いちまいいちまい》大事《だいじ》に拭《ぬぐ》うて傍《そば》の箱《はこ》へ入《い》れていた。と、一疋《いっぴき》の大《おお》きな猫《ねこ》がどこから来《き》たのかつうつうと入《はい》って来《き》て、前《まえ》の膳《ぜん》の上《うえ》に乗《の》っけてあった焼肴《やきざかな》の残《のこ》り肴《さかな》を咥《くわ》えた。吝嗇《りんしょく》なその家《いえ》ではそうした残《のこ》り肴《さかな》をとられても口《くち》ぎたなく罵《ののし》られるので、お菊《きく》は驚《おどろ》いて猫《ねこ》を追《お》いのけようとした。その機《はずみ》に手《て》にしていた皿《さら》が落《お》ちて破《わ》れてしまった。お菊《きく》ははっと思《おも》ったがもうとりかえしがつかなかった。お菊《きく》は顔色《かおいろ》を真青《まつさお》にして顫《ふる》えていた。

「お菊《きく》さん、何《なに》か粗相《そそう》したの」そこには主膳《しゅぜん》の妾《めかけ》の一人《ひとり》がいた。妾《めかけ》はそう云《い》ってお菊《きく》の傍《そば》へ来《き》て、「まあ大変《たいへん》なことをしなされたね」と云《い》ったが、お菊《きく》が顫《ふる》えているのを見《み》ると気《き》の毒《どく》になったので、「でも、いくら御秘蔵《ごひぞう》のものでも、たかが一枚《いちまい》の皿《さら》だもの、それほどのこともあるまいよ。あまり心配《しんぱい》しなくてもいいよ」

と云《い》っているところへ奥方《おくがた》が出《で》て来《き》たが、お菊《きく》の前《まえ》の破《わ》れた皿《さら》を見《み》るなり、お菊《きく》

の髪《かみ》をむずと掴《つか》んでこづきまわした。

「この大胆者《だいたんもの》、よくも殿様御秘蔵《とのさまごひぞう》のお皿《さら》を破《わ》ってくれた、さあ云《い》え、なぜ破《わ》った、なぜお皿《さら》を破《わ》った」

奥方《おくがた》は罵《ののし》り罵《ののし》りお菊《きく》をさいなんだ結句主膳《あげくしゅぜん》の室《へや》へ引摺《ひきず》って往《い》った。濃《こ》い沢《つや》つやしたお菊《きく》の髪《かみ》はこわれてばらばらになっていた。お菊《きく》は肩《かた》を波打《なみう》たせて苦《くる》しんでいた。

「殿様《とのさま》、大変《たいへん》なことをいたしました、この大胆者《だいたんもの》が御秘蔵《ごひぞう》のお皿《さら》を破《わ》りました」

「なにッ」主膳《しゅぜん》の隻手《せきしゅ》はもう刀架《とうか》の刀《かたな》にかかった。「ふとどき者奴《ものめ》、斬《き》って捨《す》てる、外《そと》へ伴《つ》れ出《だ》せ」

奥方《おくがた》は松《まつ》のうちに血《ち》の穢《けがれ》を見《み》ることは、いけないと思《おも》った。

「それでも、初春《しょしゅん》の松《まつ》の内《うち》を、血《ち》でお穢《けが》しなさるのはよろしくないと思《おも》いますが」

「そうか、さらば十五日過《じゅうごにちす》ぎてからにする」

そう云うかと思《おも》うと主膳《しゅぜん》は小柄《こづか》を脱《ぬ》いて起《た》ちあがり、いきなりお菊《きく》の右《みぎ》の手首《てくび》を掴《つか》んで縁側《えんがわ》に出《で》て、その手《て》を縁側《えんがわ》に押《お》しつけて中指《なかゆび》を斬《き》り落《おと》した。お菊《きく》は気絶《きぜつ》してしまった。主《しゅ》膳《ぜん》はその態《てい》を見《み》て心地《ここち》よさそうに笑《わら》った。

55

「この女《おんな》をどこかへ押《お》し込《こ》めておけ」

お菊《きく》の身体《からだ》は若侍《わかざむらい》の一人《ひとり》に軽《かる》がると抱《だ》かれて台所《だいどころ》の隅《すみ》の空室《あきべや》に運《はこ》ばれた。朋輩《ほうばい》の婢《げじょ》達《たち》は遠《とお》くのほうからはらはらして見《み》ているばかりでどうすることもできなかったが、お菊《きく》が空室《あきべや》の中《なか》へ入《い》れられるとともに、皆《みな》でそっと往《い》って介抱《かいほう》した。傷口《きずぐち》をしばってやる者《もの》、水《みず》を汲《く》んでやる者《もの》、食事《しょくじ》を運《はこ》んでやる者《もの》、それは哀《あわ》れな女《おんな》に対《たい》する心《こころ》からの同情《どうじょう》であったが、お菊《きく》は水《みず》も飲《の》まなけ

れば食事《しょくじ》もしないで死《し》んだ人《ひと》のようになって考《かんが》え込《こ》んでいた。

そのお菊《きく》は数日《すうじつ》して姿《すがた》を消《け》してしまった。主膳《しゅぜん》はお菊《きく》が逃《に》げたと思《おも》ったので、酷《ひど》く怒《おこ》って部下《ぶか》の与力同心《よりきどうしん》を走《はし》らせて探《さが》させた。主膳《しゅぜん》はその時《とき》火《ひ》付《つけ》盗《とう》賊《ぞく》改《あらた》め方《かた》をしていたのであった。しかし、お菊《きく》の行方《ゆくえ》は判《わか》らなかった。そのうちに家《いえ》の者《もの》の一人《ひとり》が裏《うら》の古井《ふるい》戸《ど》の傍《そば》から、お菊《きく》の履《は》いていた草履《ぞうり》を見《み》つけて持《も》って来《き》た。主膳《しゅぜん》は結局《けっきょく》己《じぶん》の手《て》で殺生《せっしょう》しないですんだことを喜《よろこ》んで、公儀《こうぎ》へはお菊《きく》が病死《びょうし》したことにして届《とど》け出《で》た。

56

哀《あわ》れな女《おんな》はそうして主膳《しゅぜん》の家《いえ》から存在《そんざい》を消《け》してそのままになったが、その年《とし》の五月《ごがつ》になって奥方《おくがた》が男《おとこ》の子《こ》を生《う》んだところが、右《みぎ》の

中指《なかゆび》が一本無《いっぽんな》かった。奥方《おくがた》はそれを見《み》るとお菊《きく》の指《ゆび》のことを思《おも》い出《だ》して血《ち》があがった。そして、その夜《よる》からその産処《うぶや》の屋根《やね》の棟《むね》に夜《よる》よる女《おんな》の声《こえ》がした。また、古井戸《ふるいど》の辺《ほとり》では、「一《ひと》つ、二《ふた》つ、三《みっ》つ」と物《もの》を数《かぞ》える声《こえ》がして、それが四《よっ》つ、五《いつ》つ、六《むっ》つ、七《なな》つ、八《やっ》つ、九《ここの》つまで往《い》くと泣《な》き声《ごえ》になった。その古井戸《ふるいど》からは青《あお》い鬼火《おにび》も出《で》た。黒《くろ》い長《なが》い髪《かみ》をふり乱《みだ》した痩《や》せた女《おんな》の姿《すがた》がその古井戸《ふるいど》の上《うえ》に浮《う》いていたと云《い》う者《もの》があった。

主膳《しゅぜん》の家《いえ》では恐《おそ》れて諸寺諸山《しょじしょざん》へ代参《だいさん》を立《た》てて守札《まもりふだ》をもらって貼《は》り、加持祈祷《かじきとう》をし、また法印山伏《ほういんやまぶし》の類《たぐい》を頼《たの》んで祈祷《きとう》さしたが怪異《かいい》は治《おさ》まらなかった。そんなことで主膳《しゅぜん》は家事不取締《かじふとりしまり》と云《い》うことで役儀《やくぎ》を免《めん》ぜられて、親類《しんるい》へ永預《えいあずけ》となったので家《いえ》は忽《たちま》ち断絶《だんぜつ》し、邸《やしき》はとりこぼたれて草原《そうげん》となった。このお菊《きく》の霊《れい》は伝通院《でんづういん》の了誉上人《りょうよしょうにん》が解脱《げだつ》さしたのであった。

中文翻譯

古盤宅院

田中貢太郎

在番町❶青山主膳家的廚房，婢女阿菊正在收拾正月初二白天祭祀過後的餐盤。這位年輕貌美的婢女正戰戰兢兢地做著事，因為她害怕出錯會遭到冷酷主人夫婦的責罵。

當時阿菊正在收拾的是主人所珍藏的一組來自中國南京的餐盤，總共有十個盤子。只見阿菊正小心翼翼地擦拭著每一個剛洗好的餐盤，準備把它收到旁邊的櫥櫃內。這時不知道打哪來的一隻大貓突然大搖大擺地闖了進來，跳上之前裝有剩菜的盤子上，叼走了還沒有啃乾淨的烤魚。

譯註

❶位於目前的東京都千代田區的西部地區。

由於這家主人十分地吝嗇，即使是這樣的剩菜被貓叼走了，也會口無遮攔地破口大罵。於是阿菊慌慌張張地想要趕走那隻貓。結果就在這當下，拿在手上的盤子就不小心掉到地上，被摔破了。阿菊心想這下糟了，但也已經無法挽回了。只見阿菊臉色慘白，嚇得渾身發抖。

「阿菊，你是不是闖禍啦？」

當時，主膳的一位小妾正好待在廚房。她走到阿菊身旁說：「怎麼這麼不小心，惹出這種大麻煩呢！」。但她看到阿菊全身發抖，覺得她很可憐，於是便安慰她說：「不過，再怎麼珍藏的東西，頂多也就是一個盤子嘛！應該沒有到那麼嚴重的地步啦！你用不著那麼害怕，不必太擔心！」

正當小妾這麼說時，正巧夫人走了出來。她一見到阿菊面前摔碎的破盤子，便倏地抓住阿菊的頭髮不斷地連推帶戳，破口大罵說：

「你這膽大包天的奴婢，竟敢打破老爺珍藏的盤子，你倒是給我說啊！為什麼摔壞盤子，你到底是怎麼打破盤子的？」

夫人口不擇言地破口罵個不停，羞辱折磨阿菊，好一陣子之後，還把她拖到主膳的房間。阿菊一頭烏亮秀髮被扯得凌亂不堪。阿菊極其痛苦地劇烈抽動肩膀。

「老爺！大事不妙了！這位大膽的奴婢，把您珍貴收藏的盤子給打破了。」

「什麼！」只見主膳的一隻手已經拿起放在刀架上的刀。「這個粗心大意的冒失鬼，我要砍了她！給我拖出去！」

但夫人認為在過年期間見血不吉利，會觸霉頭。於是跟老爺說：「可是，我認為在慶賀新春期間，在家裡染血很不吉利。」

本以為主膳會說「這樣啊！既然如此，那就等過了十五之後再說

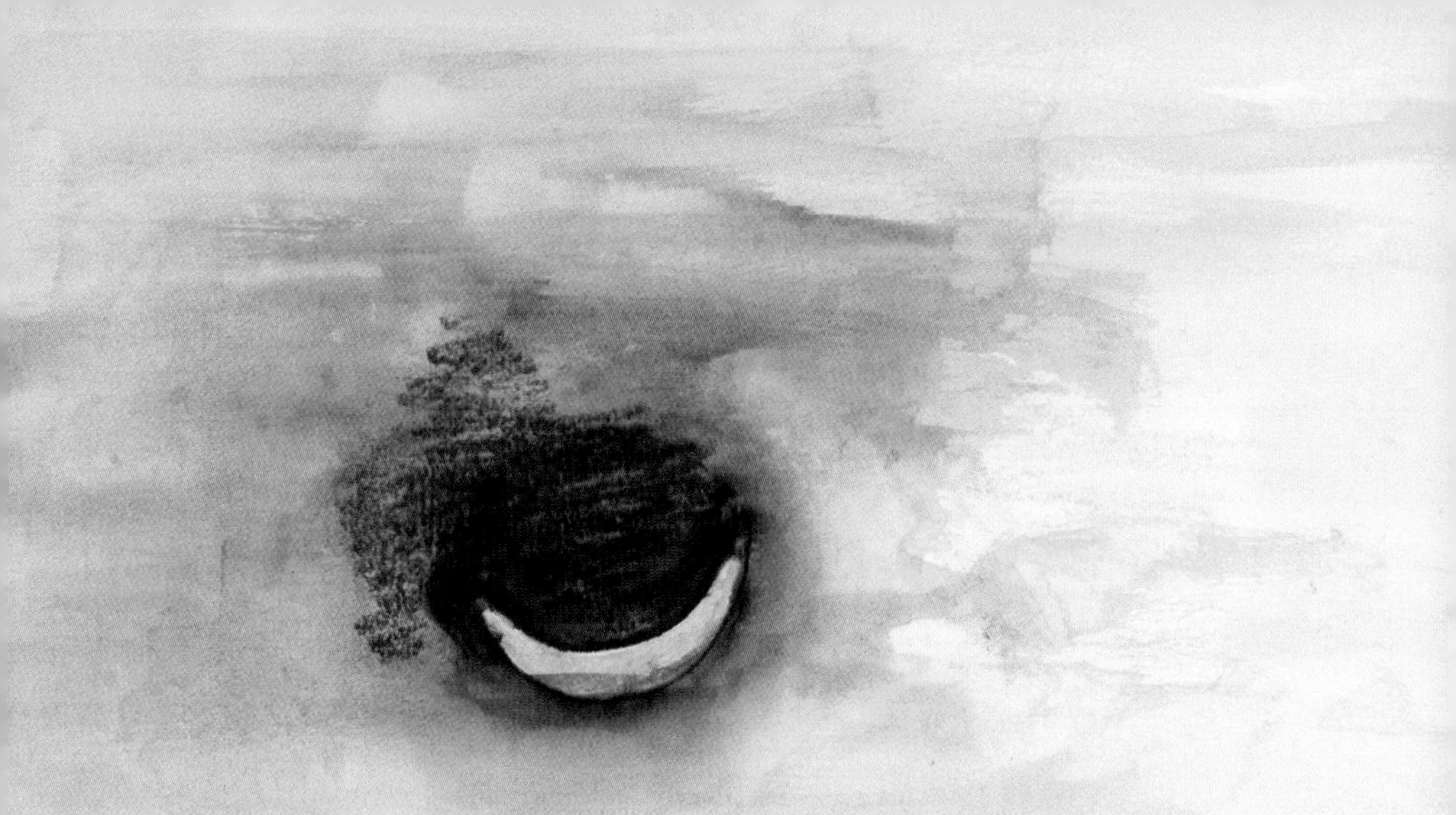

吧！」

結果卻見到他拔出佩用小刀，起身突然抓住阿菊的右手腕，把她拉到走廊，將她的手壓在走廊上，砍掉她的中指。阿菊頓時痛到昏厥過去。看到她那個樣子，主人這才開心地說：

「把這個女的給我押下去！」

一位年輕的侍從輕輕地把阿菊抱起來，抱到廚房角落的空房間內。跟她比較要好的婢女們只能擔心地站在一旁遠遠地觀望，完全束手無策。等阿菊一被帶進空房間內，大家隨即偷偷地跑去照顧她。有人幫她包紮傷口；有人拿水給她喝；有人送食物給她吃，她們打從心底都很同情這位可憐的女孩。但阿菊卻完全不吃不喝，活像個死人般地陷入了深思。

而就在幾天之後，阿菊消失不見了。主膳以為阿菊逃跑了，勃然大怒，於是便命令他的屬下們，包括所有的書記侍從跟警衛雜役等四處去搜查。主膳當時的職位是「火付盜賊改」（譯註：江戶幕府的職名。取締江戶市內的縱火或賭博，並搜查或檢舉盜賊），不過，卻怎樣也查不出阿菊的下落。在搜查中當時家中有個僕人，在後院古井旁邊找到了阿菊穿的草鞋，於是拿去給主膳看。結果主膳反倒很高興，因為不必親自動手殺生，就能解決掉她。於是決定向朝廷通報說阿菊是因病去世的。

可憐的婢女就這樣在主膳家香消玉殞了。

而就在那年的五月，夫人生下了一位男孩，但右手卻少了一根中指。夫人一看到孩子右手沒有中指，便想起了阿菊被砍掉手指頭的事，霎時腦門一陣眩暈。而且從那天晚上開始，每天晚上從產房屋頂樑柱傳來女子的聲音。此外，從古井旁也傳來有人在數東西的聲音，「一個、二個、三個」接著「四個、五個、六個、七個、八個、九個」。然而只要一數到九個的時候，就變成了啜泣聲。此外，這個古井還會出現藍色的鬼火。據說還有人看見一位披頭散髮、身形纖細的長髮女子身影，飄浮在古井上面。

主膳家因為心生恐懼，於是派人代為參拜各大寺廟，並求來各種符咒張貼；不斷祈禱唸佛，同時請高僧甚至道士、民間修行人士前來施行消災法事，但家中的怪事還是不斷，永無寧日。

不久，主膳因為沒能力處理自己的家事，而受到革除職務的懲處，並且還被官府責令，要他必須將整家族的性命財產無限期交給親戚託管。從此家道中落，官邸也任其崩壞腐朽、荒廢凋零而成了一片草原。至於阿菊的靈魂則是經過傳通院的了譽上人的超渡，後而得到了解脫。

導讀　蛇怨

靜岡英和學院大學准教授・蔡佩青

在中國，蛇經常被喻為怨女的化身。雖然現代人偶而也稱蛇為小龍，但基本上對蛇和龍的認知完全不同；蛇是出現在鬼怪故事裡的冤魂；而龍則是超越人類與自然空間的神聖象徵。然而在日本，蛇和龍經常被視為一體兩面，兩者形體相似是其中一個因素。比如古文獻中最早記錄有關吃人擾民的恐怖大蛇，是『古事記』❶和『日本書紀』❷中所描述的「やまたのおろち」。「やまた」漢字寫成「八俣」或「八岐」，指頭部和身軀各有八個；而「おろち」的漢字則寫成「遠呂知」或「大蛇」。『古事記』是當時的統治者利用中國傳來的漢字為國民留下的歷史記錄，無視漢字原來的形聲意，一個日文發音搭配一個漢字，便寫成了「遠呂知（おろち）」。其中「お」和「ろ」是一種修飾詞，「ち」則意指神秘靈力，也就是說「やまたのおろち」指的是一種八頭八身且具有神秘力量的生物。相對地，『日本書紀』對於這形體似蛇的超凡生物，直接使用中國人也能懂的漢字「八岐大蛇」來表示。因為『日本書紀』是日本為了對外國展現本國的發展與現況所撰寫的史書，而當時對日本而言，最大強國乃是中國。

有趣的是，當文字記錄轉化成具體圖像時，後世所描繪的「八岐大蛇」全成了中國傳來的兩角長鬚和全身佈滿鱗片的龍。這與日本文化中將鬼和神等同看待的傳統思想有很大的關係。❸當人們感受到的是生命威脅或極度恐懼時，想像那是長相醜惡的鬼或露出尖牙火舌的蛇；而當人們需要祈願作物豐收或心靈安寧時，便描繪宛如桃源仙境下凡的天女或莊嚴不可侵犯的形象。於是，日本各地傳說的蛇（龍）的故事，多數跳脫中國白蛇傳的怨女形象，以棲息在湖泊深淵或是瀑布湖中的巨蛇（巨龍）為主角，與各地習俗結合成引發災變佈下咒詛的妖魔，或是賜與豐收帶來祥和的神明。

「蛇怨」是流傳在田中貢太郎的故鄉高知縣的古老傳說。水量豐沛的大樽瀑布就像拿巨大水桶往下倒，白茫茫的飛濺霧水讓原本就深不見底的瀑布湖顯得更神秘深邃，成為巨蛇蟠踞的好地方。故事本身並沒有設定事件發生的時代背景，因此說故事的人只能簡單以一句「我想應該不是很古老的故事」帶過，這讓故事可以不受時代的限制而代代相傳。

一位喜好狩獵的男人以長槍射殺了巨蛇，剝下蛇皮展示，甚至揚言再殺另一隻母蛇。自大狂傲的男人立刻遭受報應，巨蛇化為火焰吞噬了他的家園，親族一門也被波及遭殃。這則故事在最令人悚然心驚的地方結束了，所以定義為怪談，視巨蛇為妖魔。但是如果換個視點來閱讀，也可以有另類的詮釋。比如因為男人闖入的是龍神棲息之地，犯下的是對龍神的大不敬之罪。在這樣的詮釋下民間傳說經常被具體形象化，演變成比如村民建立神社祭拜龍神，或是舉行撫慰龍神的祭典等等。事實上，還有一則有關大樽瀑布的獵蛇傳說流傳於越知町附近的佐川町❹，雖然故事發展與「蛇怨」不同，但獵師同為篠原氏，並且同樣因為獵蛇之後侮辱蛇的屍體而遭受報應，這則傳說的結尾便附帶說明了村民為了撫慰蛇靈而每年舉行祭典，直到今日。❺

註

❶『古事記』：七一二年，日本現存最古老的歷史書。記錄了從開天闢地的神話故事到第三十三代天皇推古天皇（在位期間五九二～六二八年）的期間發生的重要事蹟。

❷『日本書紀』：七二〇年，仿中國的漢書、後漢書等正史所撰寫的日本史書。內容與『古事記』同樣從神話故事開始，記錄到第四十四代天皇持統天皇（在位期間六九〇～六九七年）的歷史。

❸在日本傳統中，鬼和神的界線相當曖昧，許多自古流傳的祭典儀式中，以鬼面紅衣的裝扮來象徵神明。

❹佐川町的獵蛇傳說：住在越知町和佐川町邊境的篠原與助，某日追捕獵物到深山時發現一位妖豔女子，篠原立刻察覺事有蹊蹺，大喊「妖女現形」，並一槍射殺化為山豬的妖女，但山豬消失後現場留下的卻是一片巨大的蛇鱗。幾天後，篠原在名為轟淵的地方踹了一腳大蛇的白骨後莫名病故，接著家中壞事不斷。日後經神明托夢指示，才知是大蛇怨念作祟，之後年年祭拜，不讓孩童靠近大樽瀑布。

❺蛇（龍）、水和火，是這類蛇神（龍神）傳說的三要素。水的形象來自蜿蜒如川河的蛇身；火的形象則取自前端分岔的蛇舌。蛇神（龍神）一般被視為水神，而佐川町獵蛇傳說中的山豬則為山神的象徵，是一則巧妙地利用大樽瀑布的地理位置，結合山神與水神的傳說故事。

原文鑑賞

蛇怨《じゃえん》

田中貢太郎《たなかこうたろう》

57

高知県高岡郡《こうちけんたかおかぐん》の奥《おく》の越知《おち》と云《い》う山村《さんそん》に、樽《たる》の滝《たき》と云《い》う数十丈《すうじゅうじょう》の大瀑《おおだき》がある。それは村《むら》の南《みなみ》に当《あた》る山腹《さんぷく》にある瀑《たき》で、その北《きた》になったかなりの渓谷《けいこく》を距《へだ》てた処《ところ》には安徳《あんとく》天皇《てんのう》の御陵《ごりょう》伝説地《でんせつち》として有名《ゆうめい》な横倉《よこくら》と云《い》う山《やま》がある。初夏《しょか》の比《ころ》その横倉山《よこくらやま》から眺《なが》めると、瀑《たき》は半《なか》ば以上《いじょう》を新緑《しんりょく》の上《うえ》に見《み》せて、その銀色《ぎんいろ》の大樽《おおたる》を倒《さか》しまにしたような水《みず》

が蓼々《とうとう》として落《お》ちているので、土地《とち》の人《ひと》は大樽《おおたる》と呼《よ》んでいる。
その滝《たき》の在《あ》る山《やま》を南《みなみ》に越《こ》えた処《ところ》に篠原《しのはら》と云《い》う農家《のうか》があった。何時《いつ》の比《ころ》の事《こと》であったか年《ねん》代《だい》ははっきりと判《わか》らないが、しかし、あまり古《ふる》いことではないらしい。その篠原《しのはら》の主人《しゅじん》になる男《おとこ》は非常《ひじょう》に鉄砲《てっぽう》が上手《じょうず》で、農《のう》業《ぎょう》の片手間《かたてま》には何時《いつ》も山《やま》から山《やま》を渉《わた》って獣《けもの》を狩《か》っている。
某日《あるひ》その主人《しゅじん》は、何《なに》か好《よ》い獲《え》物《もの》はいないだろうかと思《おも》って、鉄砲《てっぽう》を手《て》にしながら樽《たる》の滝《たき》へ往《い》った。そして、杉《すぎ》の樹《き》の森々《しんしん》と茂《しげ》った瀑《たき》の横《よこ》から瀑壺《たきつぼ》の方《ほう》へおりて往《い》った。瀑壺《たきつぼ》の周囲《まわり》は瀑水《たきみず》の飛沫《しぶき》が霧《きり》となって立《た》ち罩《こ》めているのに、高《たか》い木立《こだち》の隙間《すきま》から漏《も》れた陽《ひ》の光《ひかり》が射《さ》して処《ところ》どころに虹《にじ》をこしらえていた。篠原《しのはら》の主人《しゅじん》は瀑水《たきみず》が瀑壺《たきつぼ》から流《なが》れ出《で》る谷川《たにがわ》の上《うえ》の巌角《いわかど》を踏《ふ》みながら、むこう側《がわ》に渡《わた》ろうとしてふと瀑下《たきした》の方《ほう》に眼《め》をやると、その足《あし》はぴったり止《とま》った。瀑下《たきした》の右《みぎ》になった窈黒《ようこく》な巌穴《がんけつ》から松《まつ》の幹《みき》のような大蛇《だいじゃ》が半身《はんしん》をあらわして、上《うえ》の方《ほう》に這《は》いあがろうとしているところであった。黒《くろ》いその背《せ》はぎらぎらと光《ひか》って見《み》えた。……よし打《う》ってやれと篠原《しのはら》の主人《しゅじん》は思《おも》った。彼《かれ》はその蛇《へび》を打《う》って村《むら》の人《ひと》を驚《おどろ》かしてやりたかった。彼《かれ》は後戻《あともど》りして瀑壺《たきつぼ》の縁《ふち》の巌《いわお》を伝《つた》うて瀑《たき》下《した》へ距離《きょり》を縮《ちぢ》めて往《い》った。恐《おそ》ろしい胴体《どうたい》はのろのろと動《うご》いていた。好奇《ものずき》な猟師《りょうし》はや

58

がて足場《あしば》を固《かた》め、狙《ねら》いを定《さだ》めて火縄《ひなわ》をさした。篠原《しのはら》の主人《しゅじん》の耳《みみ》には谷全体《たにぜんたい》が鳴動《めいどう》するように響《ひび》いて、大《おお》きな長《なが》い長《なが》い胴体《どうたい》は瀑壺《たきつぼ》の中《なか》へ落《お》ちた。

篠原《しのはら》の主人《しゅじん》は思《おも》い通《どお》り蛇《へび》が打《う》てたので、大《おおい》に喜《よろこ》んでやはり猟師仲間《りょうしなかま》の親類《しんるい》の男《おとこ》を呼《よ》んで来《き》て、それに手伝《てつだ》ってもらって皮《かわ》を剥《は》ぎ、それを持《も》って帰《かえ》って庭前《にわさき》の立樹《たちき》と立《たち》樹《き》の間《あいだ》に長《なが》い竹《たけ》を渡《わた》してかけた。それを知《し》った村《むら》の人《ひと》びと

はぞろぞろと篠原《しのはら》へ集《あつ》まって来《き》て、その皮《かわ》を見《み》て驚嘆《きょうたん》した。篠原《しのはら》の主人《しゅじん》は得意《とくい》そうに蛇《へび》を打《う》った時《とき》の容《さま》を話《はな》して聞《き》かせた。

「こいつは雄《おす》じゃ、彼処《あそこ》には雄《おす》と雌《めす》の二《ふた》つおるから、そのうちに雌《めす》もとるつもりじゃ」などとも云《い》った。

その夜《よる》篠原《しのはら》の主人《しゅじん》は、隣家《りんか》の者《もの》を三四人《さんよにん》呼《よ》んで酒《さけ》を飲《の》んでいた。そのうちには皮剥《かわは》ぎを手伝《てつだ》ってもらった親類《しんるい》の男《おとこ》もいた。一座《いちざ》の話《はなし》は蛇《へび》を打《う》った話《はなし》で持《も》ちきっていた。

「何《なに》しろ、話《はなし》には聞《き》いておったが、

見《み》たことは初《はじ》めてだ」

と、一人《ひとり》が云《い》うと、

「こりゃあ、孫子《まご》への話《はなし》の種《たね》じゃよ」とまた一人《ひとり》が云《い》った。

「そんなに大《おお》きくはないと思《おも》うて、往《い》ってみると瀑壺《たきつぼ》に一《いっ》ぱいになっておったから驚《おどろ》いたよ」と、云《い》ったのは彼《かれ》の親類《しんるい》の男《おとこ》であった。

篠原《しのはら》の主人《しゅじん》はにこにこして自己《おのれ》を嘆美《たんび》する皆《みな》の話《はなし》に耳《みみ》をやっていた。

「やっぱりあんな魔物《まもの》を打《う》つには、此処《ここ》な親爺《おやじ》じゃないと打《う》てないよ」と、親類《しんるい》の男《おとこ》が云《い》った。

「そうとも、此処《ここ》な親爺《おやじ》は、どしょう骨《ぼね》がすわっておるからな」と、一人《ひとり》の男《おとこ》が云《い》って篠原《しのはら》の主人《しゅじん》の顔《かお》を見《み》た。

「ははは」篠原《しのはら》の主人《しゅじん》は盃《さかずき》を持《も》ったなりに対手《たいしゅ》の男《おとこ》を見《み》かえしたところで、眼《め》の前《まえ》に黒《くろ》い閃《ひらめ》きがするように思《おも》ったが、忽《たちま》ち背後《うしろ》にひっくりかえった。もう酒《さけ》どころではなかった。人《ひと》びとは起《た》ちあがって主人《しゅじん》を介抱《かいほう》しようとした。主《しゅ》

人《じん》は寄《よ》って来《く》る人《ひと》びとの手《て》を払《はら》い除《の》けて、

「あれ、あれ、あれ」と、云《い》って室《へや》の中《なか》をのたうって廻《まわ》った。

人《ひと》びとの顔《かお》には恐怖《きょうふ》がのぼっていた。主人《しゅじん》は仰向《あおむ》けになったり俯向《うつむ》けになったりして悶掻《もが》き苦《くる》しんだ。

「あれ、あれ、あれ、あれ」

そして、やっと悶掻《もが》きをやめた主《しゅ》人《じん》を寝床《ねどこ》に入《い》れた隣家《りんか》の者《もの》は、家《か》内《ない》の者《もの》に別《わか》れを告《つ》げて庭《にわ》におりたが、主人《しゅじん》の怪異《かいい》を見《み》て恐《おそ》れているので何人《だれ》も蛇《へび》のことを口《くち》にする者《もの》はな

60

かった。

戸外《そと》は真黒《まっくら》で星《ほし》の光《ひかり》さえなかった。皆黙々《みなもくもく》として寄《よ》り添《そ》うて歩《ある》いていたが、皆《みな》の眼《め》は云《い》いあわしたように庭前《にわさき》の竹《たけ》にかけた蛇《へび》の皮《かわ》の方《ほう》へ往《い》った。

不意《ふい》に庭《にわ》の樹《き》の枝《えだ》に風《かぜ》の吹《ふ》く音《おと》が聞《きこ》えた。人《ひと》びとは恐《おそ》れて中《なか》には眼《め》をつむる者《もの》もあった。風《かぜ》ははらはらと人《ひと》びとの衣《きもの》の裾《すそ》を吹《ふ》きかえした。

この時《とき》蛇《へび》の皮《かわ》をかけてある処《ところ》が急《きゅう》にうっすらと明《あか》るくなって、朧《おぼろ》の月《つき》の光《ひかり》が射《さ》したように見《み》えたが、やがて真紅《しんく》な二条《にじょう》の蛇《へび》の舌《した》のような炎《ほのお》がきらきらと光《ひか》った。と、その光《ひかり》がめらめらと燃《も》え拡《ひろ》がって、蛇《へび》の皮《かわ》がはっきりと見《み》える間《ま》もなく、それが全身火《ぜんしんひ》になってふうわりと空《そら》に浮《うか》び、雲《くも》のように飛《と》んで篠原家《しのはらけ》の屋《や》根《ね》に往《い》った。人《ひと》びとは其処《そこ》へ衝《つ》き坐《すわ》ってわなわなと顫《ふる》えた。

篠原家《しのはらけ》はみるみる猛火《もうか》に包《つつ》まれて、空《そら》を染《そ》めて炎々《えんえん》と燃《も》えあがったが、やがてその火《ひ》は半《なか》ばから上《うえ》が円々《えんえん》とした一団《ひとかたまり》の火《ひ》の玉《たま》となって、樽《たる》の滝《たき》の方《ほう》へ飛《と》んで往《い》った。

篠原《しのはら》の主人《しゅじん》はじめ一家《いっか》の者《もの》は怪《あや》しい火《ひ》のために一人《ひとり》も残《のこ》らず焼死《しょうし》した。怪《あや》しいことはそればかりではなかった。篠原一門《しのはらいちもん》の者《もの》が樽《たる》の滝《たき》の傍《そば》へ往《い》くと急《きゅう》に四辺《あたり》に霧《きり》がかかって方角《ほうがく》が判《わか》らなくなり皆《みな》その中《なか》へ落《お》ちて死《し》んだ。口碑《こうひ》には伝《つた》わっていないが、皮剥《かわはぎ》の手伝《てつだ》いをした親《しん》類《るい》の男《おとこ》も無論変死《むろんへんし》に終《おわ》ったと思《おも》われる。今《いま》でも同地方《どうちほう》では、篠原家《しのはらけ》の者《もの》は大樽《おおたる》の傍《そば》へ往《い》かれないと云《い》って話《はな》す者《もの》がある。

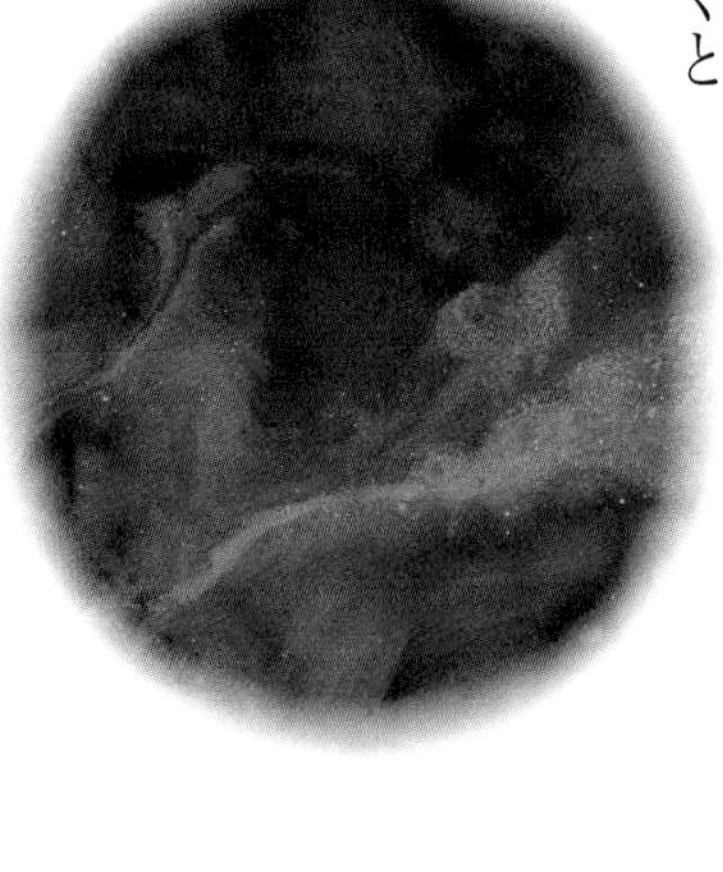

中文翻譯

蛇怨

在高知縣高岡郡的內陸山區有一處名叫越知的山村，那裡有一條高約數十丈（大約三十公尺高）的大瀑布，名叫大桶瀑布。那座瀑布就位於村子南邊的山腰上，而在村子北邊離溪谷有一大段距離的地方，就是有名的橫倉山，據說安德天皇的陵寢就在這裡。在初夏時節，從橫倉山遠眺瀑布的話，可以看到那條銀色瀑布的上半部，雄偉地掛在翠綠的半山腰上，就像個倒掛的銀色巨大水桶一樣，隆聲不絕滔滔流下。因此當地人稱它為大桶瀑布。

越過那座瀑布所在的山上，南邊住著一戶名叫篠原的農家。至於這究竟是何時發生的事，雖然年代已經不可考了，但應該不是非常久遠的事。那戶篠原家的男主人很擅長射擊。常趁著農閒的時候翻山越嶺去狩獵。

有一天，那位男主人想說看看能否打到什麼好的獵物，於是手拿著獵槍，朝著大桶瀑布的方向走去。他從瀑布旁邊茂密的杉樹林，走下瀑布水潭的方向。潭水的四周籠罩著由瀑布濺起的水花所形成的霧氣，陽光從高聳的樹叢間流瀉而下，在潭水四周形成一道道的彩虹瀑布水從潭水池溢出來之後，形成一條溪流，河床上散布著大大小小的岩石。篠原家的主人踩在那些巖石上，打算走到對岸去。這時他突然回頭看了瀑布的下方一眼，然後立即停下腳步。他發現就在瀑布右下方一處黝黑的岩洞中，有一條巨蛇，露出像松樹樹幹般粗壯的上半身，看起來正打算往瀑布上方爬行的樣子。黑黝黝的蛇背還不時發出閃閃的亮光。……篠原家的主人心想：「好吧！就來射這條蛇吧！」他想射下這條蛇來嚇一嚇村人。於是他轉身往回走，沿著水潭的邊緣慢慢地逼近瀑布的下方。那條大蛇嚇人的身軀正在緩緩地移動。不久，好奇的獵人站穩腳步，瞄準目標之後，引燃火繩，發射彈藥。篠原家的主人聽見整個山谷響起震耳欲聾的聲響，只見那條大蛇長長的身軀掉落到瀑布的水潭。

篠原的主人因為如願以償地射中了大蛇，感到十分開心，於是趕緊通知平常一起打獵的男性親戚前來幫他剝蛇皮，然後把蛇皮帶回家，在庭院前面的幾棵樹之間架上長竹竿，將蛇皮掛在竹竿上。村人得知消息後，都圍攏過來聚集在他家，看見蛇皮之後，大家莫不發出驚嘆。篠原家的主人得意洋洋地告訴村人射殺大蛇時的詳細經過。

他還接著說：「這條蛇是公的。那裡有公的和母的兩條蛇。過幾天我打算把那條母蛇也射下來。」

那天晚上，篠原家的主人請住在附近的三、

四位鄰居前來喝酒。其中也包括幫他一起剝蛇皮的男性親戚在內。他們一夥人一直圍繞著射殺那條蛇的話題打轉。

「我是有聽過那條蛇的傳聞啦！但我這還是頭一次親眼見到！」其中一人如此說道。

「這下有話題可以說給兒孫們聽了。」另外一人也說道。

「我原本還以為沒那麼大條，但等到我靠近一看，才嚇了一跳。因為正個瀑布的水潭都被牠給塞滿了，果真是好大一條啊！」

說這串話的人，正是那位男性親戚。

篠原家的主人笑嘻嘻地聽著大家你一句我一句的，爭相說出對自己的讚美。

那位男性親戚說道：

「我看我們這地方除了你之外，沒人有本事射殺那樣的怪物。」

另一位男人則望著篠原家主人的臉龐說道：

「是啊！沒錯！這戶人家的老爺可是天生具有熊心豹子膽呢！」

「哈哈哈哈！」當篠原家主人拿起酒杯，正要回望對方時，突然感覺眼前閃過一個黑影，讓他整個人頓時往後翻滾。

這下子哪還有心情繼續飲酒作樂啊。大家趕緊起身，想要上前去攙扶他坐好。但是主人卻把大家伸出來的手給甩開，發出痛苦的呻吟聲「哎呀！哎呀！哎呀！哎呀！」，然後蜷縮身體，在屋內到

處不停地翻滾。

大家都露出驚恐的表情。因為看到主人時而趴在地上，時而仰躺在地上，還不時發出痛苦的呻吟聲「哎呀！哎呀！哎呀！」，掙扎個不停。

好不容易等到他停止不由自主的翻滾和呻吟之後，鄰居才將主人移到床上安置好，這時大家才起身向他的家人告辭，一起走到庭院。由於大家看到主人怪異的舉動，感到異常驚恐，因此也沒有人敢再提那條蛇的事。

只見屋外一片漆黑，甚至連半點星光都沒有。雖然大家都不發一語地並肩走著，但是大家的目光卻都不約而同地轉向掛在竹竿上的那條蛇皮。

這時突然聽見庭院的樹枝傳來風呼嘯而過的聲音，讓大家不寒而慄。有人甚至害怕地閉上眼睛。風發出唏唏簌簌的聲音，把大家的衣服下擺給吹翻了過來。

這時掛著蛇皮的地方突然發出微弱的光芒，看起來彷彿有一抹朦朧的月光映照在上面，可是一會兒之後，隨即變成兩道火紅的蛇信般的烈焰，閃閃發光。只見那道光發出熊熊的火焰，並且不斷地延燒開來，這時候，蛇皮也變得更加清晰。不久整條蛇身化成一團火，輕飄飄地劃過天際，然後像雲一樣飄浮在半空中，飛向篠原家的屋頂。大家看到這景象都嚇得跌坐在地上，渾身不斷地顫抖。

眼看著篠原家被猛烈的火焰團團包圍住，燃燒的火焰染紅了整個夜空。不久，那道火焰從半空中化成一團圓圓的大火球，朝著大桶瀑布的方向飛去。

包括篠原家的主人在內，篠原全家人都被這道怪火給燒死了，無一人得以倖免。但怪事不僅如此而已。聽說跟篠原家族有任何血緣的族人，只要一走到大桶瀑布附近時，就會突然遇到濃霧而分不清楚方向，最後全都掉到瀑布底下溺死。還有，雖然沒有人聽到有這樣的傳聞，但大家都認為：當時幫忙剝蛇皮的那位男性親戚，肯定也是遭遇橫禍而慘死的。據說至今在同一個地區，還有人傳言說：篠原家族的後代，不可以靠近大桶瀑布。

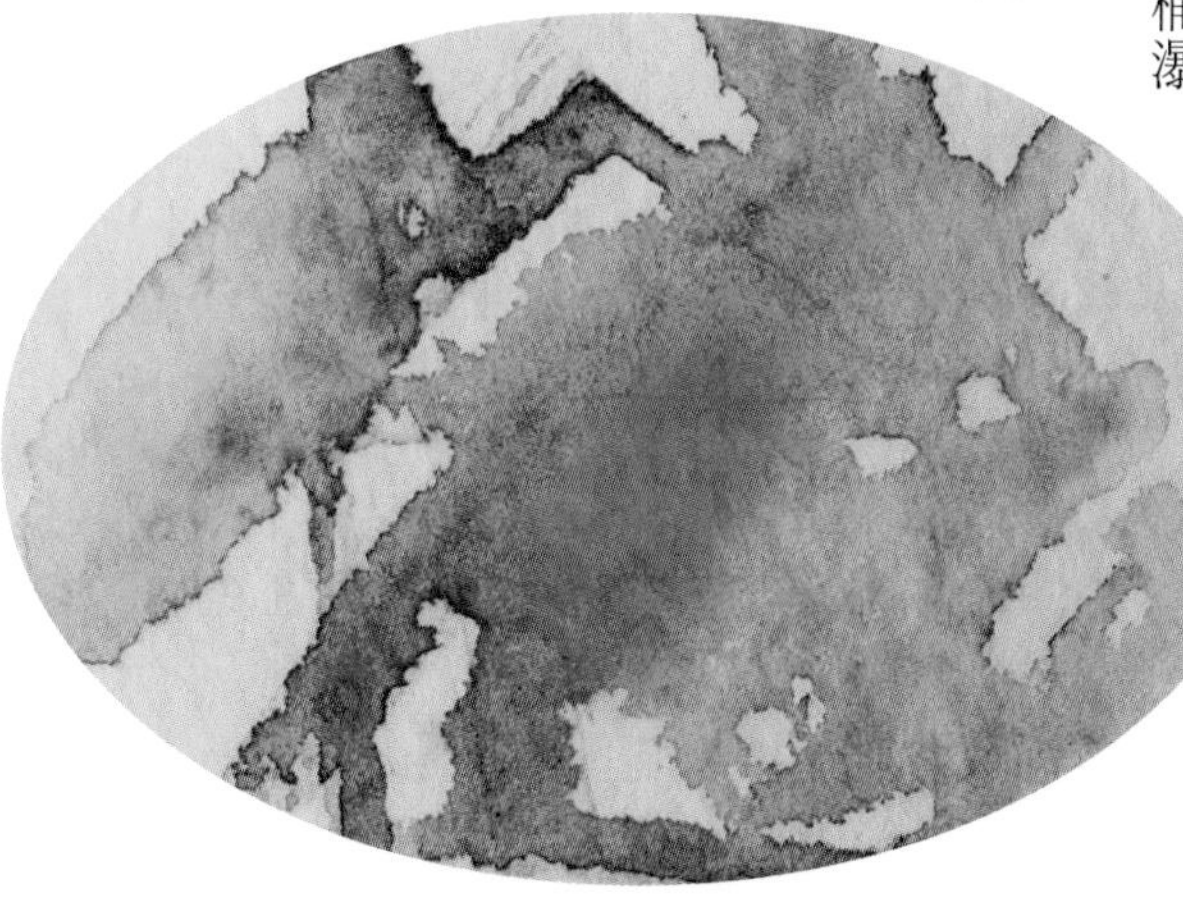

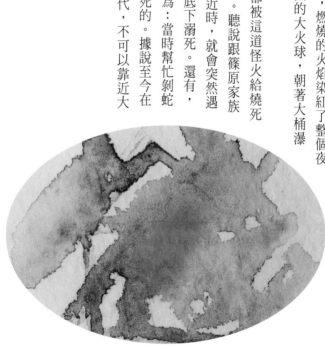

國家圖書館出版品預行編目資料

日本怪談文學：小泉八雲 / 田中貢太郎名作選 / 小泉八雲，田中貢太郎著；蕭照芳譯 . -- 初版 . -- 臺北市：寂天文化，2016. 04

面；　公分

中日對照

ISBN 978-986-318-433-1（25K 平裝）

ISBN 978-986-318-444-7（25K 平裝附光碟）

1. 日語 2. 讀本

803.18　　105004683

【日中對照】

日本怪談文學：小泉八雲／田中貢太郎名作選

作者	小泉八雲／田中貢太郎
作家介紹／作品導讀	蔡佩青
總編審	張桂娥
譯者	蕭照芳（內文）／楊靜如（推薦序）
編輯	黃月良

內文排版	謝青秀
製程管理	洪巧鈴
出版者	寂天文化事業股份有限公司
電話	886-(0)2-2365-9739
傳真	886-(0)2-2365-9835
網址	www.icosmos.com.tw
讀者服務	onlinesevice@icosmos.com.tw

出版日期　2016 年 4 月　初版一刷 250101
郵撥帳號　1998620-0　寂天文化事業股份有限公司

- 劃撥金額 600（含）元以上者，郵資免費。
- 訂購金額 600 元以下者，請外加 65 元。

【若有破損，請寄回更換，謝謝。】

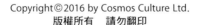